FOREIGN · LITERATURE

长江
译文馆

perlička na dně —

Bohumil Hrabal

底层的珍珠

[捷克] 博胡米尔·赫拉巴尔／著　夏静宇／译

长江出版传媒

长江文艺出版社

捷克享誉世界的国宝级作家
1994年提名诺贝尔文学奖
作品多次被影视改编＋几度斩获奥斯卡奖、柏林电影节金熊奖
尽现五彩斑斓布拉格，解构人生枷锁之下的黑色幽默

图书在版编目（ＣＩＰ）数据

底层的珍珠 / （捷克）博胡米尔·赫拉巴尔著 ； 夏
静宇译. -- 武汉 ：长江文艺出版社， 2020.11
（长江译文馆）
ISBN 978-7-5702-1424-2

Ⅰ．①底… Ⅱ．①博… ②夏… Ⅲ．①短篇小说一小
说集－捷克－现代 Ⅳ．①I524.45

中国版本图书馆 CIP 数据核字(2020)第 002485 号

著作权合同登记号：图字 17-2017-385

Copyright© 1963 Bohumil Hrabal Estate，Zürich，Switzerland

策划编辑：陈俊帆
责任编辑：雷 蕾　　　　　　　　　责任校对：毛 娟
封面设计：贺春雷　　　　　　　　　责任印制：邱 莉　胡丽平

出版：长江出版传媒｜长江文艺出版社
地址：武汉市雄楚大街 268 号　　　　邮编：430070
发行：长江文艺出版社
http://www.cjlap.com
印刷：中印南方印刷有限公司

开本：880 毫米×1230 毫米　　1/32　印张：8.875　　插页：1 页
版次：2020 年 11 月第 1 版　　　2020 年 11 月第 1 次印刷
字数：145 千字

定价：36.00 元

赫拉巴尔是我们这个时代最了不起的作家。

米兰·昆德拉

我毫不怀疑，如果赫拉巴尔用英文、法文或西班牙文写作，

他的作品早已获得最负盛名的文学奖项了。

伊凡·克里玛

赫拉巴尔对哲学、对社会思想的关注从来没有中断过，

他对黑格尔、康德，以及对中国的老子，都有研究。

格非

最大的英雄是那些每天过着平凡生活的普通人，是我在钢铁厂和其他工作地点认识的人，是那些在社会的垃圾堆上而没有掉进混乱与惊慌的人，是意识到"失败就是胜利的开始"的人。

——博胡米尔·赫拉巴尔

中世纪神秘主义者雅各布·勃姆在他的作品中将人类生活描述为"珍珠出现在底部的深渊"。珍珠即意味着伴随着我们生活的希望,《底层的珍珠》这部作品的名称对赫拉巴尔而言或许具有相同的含义。

作者序

　　我的妻子在家里拖着步子，像石头一样清醒，把事情弄得一团糟的时候，我在花园酒馆里崇拜太阳，我在纵情享用湿漉漉的人行道上反射的月光，我在昂首阔步，以一种滑稽的方式解释了赫拉克利特的"万物皆可流"是如何穿过我的食道，地球上每家酒馆里都是一群被彼此的对话羁绊住鹿角的鹿。"勿忘凡人皆一死"的伟大，从万物和人类命运中缓缓渗出，这就足以让我们有理由在永恒的观点下酒不离手，布拉格的奥尔萨尼公墓，潘克拉克监狱，巴特隆姆街警察局也同理如此。

　　因此，处于这样一种流动状态的我，是个坚信过敏症的教条主义者，钓杆和渔线轮的理论是我的原动力，我是人类的一声尖叫，惊恐万分，在触到雪花的一瞬间，四分五裂。我总是四处奔波，这样总算能在一天的浑浑噩噩中，勉强工作两三个小时，因为我太了解生活，它无时不在流逝，就像一副被洗过的扑克牌，假如我被洗熨得平平整整，并用手帕叠好包好放在某地，我的生活或许会好很多，有的时候，我竭力想使自己看起来似乎还有希望大肆挥霍一番，其实我太清楚不过了，最后终究只是一堆废物。一切的一切，以一颗精子开始，在一团燃烧中归零，美好的开始，美好的结束。从人人求慕的漂亮面孔，到苍老丑陋咧嘴大笑的死神。

　　下雨时我浇花，烦闷躁动的七月里，我将十二月的雪橇拖出来，为了在炎热的夏天保持凉爽，我耗光了预备冬天取暖的煤钱，生命何其短暂，能随心所欲、放浪形骸的日子更是不多，一想到人们对此无动于衷，我就焦虑难安。我不会像对待没有商业价值的样本那样对待早晨的宿醉，我毕恭毕敬，觉得这其中的绝对价值，源于几分不和谐，源于充满诗意的创痛，就像神圣的胆绞痛发作一样，值得慢慢品味。我是一棵枝叶繁密的树，上面长满了犀利、微笑的眼睛，永远保持着优雅，幸与不幸，如两道车轴，须臾不分。看见老迈的树干上抽发新枝，听见最幼嫩处萌生的细叶在欢笑，真是再好不过了。

　　无常的四月就是我的天气，斑斑点点的桌布就是我的旗，在布满涟漪的阴影之下，有兴奋狂喜，也体会过下坡与复活。我的脖颈隐隐作痛，双手该死地颤抖，我咬断手中前夜狂欢的碎片和残渣，每天早晨，我惊讶地发现自己还活着，我总是想办法拖延，以便继续更长一段时间，以自己的方式妄为。我不认为自己是念珠，而是一串断了线的笑声，最脆弱的那一颗珠子决定了我肆意的想象力的边界，我内心有什么已经被阉割，有什么此时此刻存在的，正在向过去拉回，才能如箭矢用力向未来发射，从我饥渴的唇和眼前飞速远离，越来越小，使我不得不眯起眼睛，在冰岛石灰石般的重影中注视一切，今天即是昨天，前天与后天无异。

于是，我不断在匆忙中做出综合判断，成了真真假假世界的热爱者和鉴赏家。在我看来，衰老痴呆，和婴儿的咿呀学语同样重要，都是可能有所发现的根源，在嬉闹游戏中，将泪水的溪谷变成欢笑，我体会现实，可她却并非常常给我提示，我是害羞的小鹿，站在一片林间空地，四周是不加掩饰的赤裸期望。我是厚沉愚钝的钟声，被知识如闪电般撕裂，客观终将引向极端的主观，我认为这是自然和社会科学的积淀。我是负面的天才，语言草原的偷猎者，是漫画灵感的游戏管理员，是各种无名故事久经考验的守护者，灵感扼杀者，盛放着自然随机的可疑鱼缸的饲养者，孱弱与色情的永恒粉丝和涉猎者，一个思考"不思"的英雄，一位步履匆匆却又先天不足的骑士，在平行线的交叉点，现在，就在眼下，而且以后也不会再有，或者说，永远不再渴望得到一片涂抹着"无限"的面包，渴望得到"永恒"的奶油，我发现新约圣经的魅力正是对基督圣言的误解。冬季的河岸边，我的华服是布鲁塞尔花边，垂浸在癫痫病人的口沫和危险的流冰中。抑郁，沮丧，情绪低落，接下来就是白费气力，一头撞墙，我迟迟不去尝试是否有可能以一种不同于此的方式生活，我是一个身体绝顶健康的神经衰弱的人，我又是一个失眠患者，只能在电车中安然入睡，不到终点绝不下车。

我是一个绝好的礼物，满足些小小的期待，一个意料中的残骸，错误的音符。在我怪诞的视野中，闪烁着不太激烈的挑衅和小而微的丑闻，因此我是一个小丑，一个描摹的人，一个讲故事的人，以及私人教师，告密者和恶意诽谤者，那些毫无价值的新闻或许便是我法典的序言，我不断将其修改，却永远无法完成。即使在最粗略的草图中，我也看到了庞大的结构，哪怕它们不过是破烂不堪的孩子大小的棺材。我是一个不再年轻但又心怀青春的人，我的表情和文字构成了我易变的语法和内在语言，半小时之内，一盘热乎乎的肉，一杯冷拉格啤酒就可以向我证明物质转化为好心情的真理。廉价的变形乃世界第一大奇迹，把手放在友善的肩膀上是通往幸福秘境的旋钮，其中每个爱的对象都是天堂花园的中心，自然之心是菩提的通达状态，爱上一个最美丽的皮囊包裹之下的叛逆顽固的阴道，是可能的事情。一切都是真的，同类相残，减少牧师和文凭的简单方法，悲伤的牛眼从卡车挡板上探出头来好奇地凝望，它们属于我。那只半成年的小母牛，为屠夫而增肥，他手中那闪闪发光的刀就是我。那只忠实的黄蜂折返冲向火焰，只为了与同伴一起回到着了火的巢中，给了我灵感，写下燃烧的蜂窝，这独属于我的灵感。

我，是巴比代尔学院的通讯员，寻欢系的学生，醉醺醺的迷人少年狄俄尼索斯是我的神灵，他整日兴高采烈。言辞讥诮的苏格拉底恰是我的教父，他耐心地与所有人交谈，希望用自己的言语或他们的舌头将他们带到无知的大门前。雅罗斯拉夫·哈谢克是学院的长子，也是啤酒馆故事的发明者，他有生活和书写生活的天赋，他的才华使平淡无奇的天堂更贴近凡世，他的"人性"令他人自惭形秽。

我毫不动摇地凝视着这三个蓝色娃娃，没有达到空虚的顶峰的三位一体，没有酒精的烂醉，没有知识的教育，在与生俱来的尿液和粪便之间，有时我们的母亲跨坐在火葬炉或荒野的墓边草丛里让我们降生，我是一头公牛，因为大笑而失血，大脑像冰淇淋一样正一勺勺被吃掉。沃尔特，还有这样的魔力吗？

博胡米尔·赫拉巴尔

附言

我细看此文，这将作为我的故事集的序言，我写了五个小时，在砍木头和割草的不规则间歇中完成，它包含着斧头垂直砍劈的轻松节奏，和镰刀水平挥向芦苇唰唰的声响，我觉得有必要区分哪些是发于自我生长，源于我内在的体验，哪些是通过阅读获得的。我必须一一指名这些作者，我第一次读到他们的文字就为之着迷，遗憾自己没能写出这样的句子。"我不认为自己是念珠，而是一串断了线的笑声。"源于尼采所说"我不是链条中的一环，我是链条本身"。"每个爱的对象都是天堂花园的中心"，这是原文照搬诺瓦利斯的一句话。"一切都是真的"来自于圣约翰的"道成了肉身。""狄俄尼索斯……兴高采烈"来自于赫尔德。"与生俱来的尿液和粪便之间"可能是圣奥古斯丁："我们诞生于尿液和粪便之间。""我们的母亲……生我们……在……坟墓"这句是一位西班牙哲学家说的，他的名字从我脑中掠过，一时无法想起，就写到这里。

目　录

爱情的故事

一

加斯顿·柯西卡在一家杂货店门口已经站了好一会儿。他再次向玻璃橱窗里自己的脸看去，只不过再次证实了自己早已知道的一个事实：他不喜欢自己的样子，一看就是个浑身上下乏味透了的年轻人，就是那类从电影院里出来时，甚至比进去时更无精打采的人。他研究起镜子中自己的脸，他明白，就自己这体格这样貌，是永远不可能成为梦想中的样子了。芳芳骑士。[1]

就在他又开始瞅着玻璃门中的自己，满腹苦恼的时候，一

---

[1]　芳芳骑士：电影《勇士的奇遇》中的男主角。

个吉卜赛女孩打开门，手里托着半条面包，从里面走了出来。那个女孩的穿着令加斯顿颇感惊讶：两片围裙——前面一个，后面一个——用安全别针连在一起。她站在马路牙子上左右看着准备过马路，加斯顿根本就辨别不出哪儿是她的后背，哪儿是她毫无起伏的前胸。

他抹了把眉毛上的汗珠说，"喔，怎么会这样!"

吉卜赛女孩转过身来，涂抹过的嘴唇，黑白分明的眼眸，在黑暗中照亮了他。她准备说点什么，却没发出声音。她将那个半球形的半条面包端起来举在她乌黑的秀发旁。在一家亮着灯的服装店窗前，她停下了脚步，撅着屁股，从那边斜眼瞟着加斯顿。

加斯顿鼓起勇气，也过到马路这边来。

"来根烟怎么样?"她说，将中指和食指做出一个向上的 V 的手势。

加斯顿在她的两指间放上一根香烟并为她点燃，颇为自信地笑着说，"你的头发可真香。"

"你的手抖得可真厉害。"

"活儿干多了。"他一眨眼睛回答道。

"你是干什么的?"

"给水管工当助手。"他说，脸腾的一下红了。

"噢，一个真正的男人。嘿，那边那件毛衣多少钱?"她的声音低低的。

"哪件？那件？"

"不是，粉红色的。"

"四十五克朗。"

"好吧，我来告诉你。你给我买下这件毛衣，我把面包拿到我姐姐家，然后我们就可以好好去玩一会儿了。你会看见的。"她许诺说，她吸烟的时候，两颊深深地陷了进去，一双眼睛却熠熠有光。

"我会看见什么？"他问，有点被吓住了。

"你会看见的。你先给我买这件毛衣，你就会看见。我保证会让你很快活的。我会好好对你的。"她说着，举起夹着烟的两根手指发誓。

"就为了那么件可怜的小毛衣？"

"就为了那么件可怜的小毛衣。"

"可是已经打烊了。"

"没关系。你把人头像给我，我明天自己买。"

"人头像？"

"对呀，人头像。"她答，将香烟蒂一口吐掉，拇指和食指中指捻了捻。

"哦！人头像！"加斯顿终于明白了。"我向你保证，我会给你的。"

"如果你不给我，圣母玛利亚会叫你不得安宁的。我发誓!"她威胁道，此时她的表情非常严肃，脸上一丁点儿皱纹都没有，双眼紧紧地盯着他的脸。她的眼睛好像吉娜·劳洛勃丽吉达①的那么大，似乎占据了脸的一半。突然，她像是有了一个了不得的发现，郑重其事地说，"你的眼睛看起来就像是这样，"说着用拇指和食指比了一个 O。

"嗯，你的眼睛像两口深井。"

"像两口深井。"她重复了一遍，没有丝毫的忧愁，"吉卜赛女孩年轻的时候，样样都美。我现在就还年轻。"她又做了个 V 的手势。

加斯顿体贴地在她的手指间又放上了一根烟，给自己也点上了一根。他飞快地瞟了眼橱窗玻璃，身子站得更挺直了些，勇敢地看着从身边走过的行人。行人也正转过头来看他。此刻，他突然希望他所有的朋友或是亲戚正巧走过这条街，那样他们就会看见自己和一个漂亮的吉卜赛女孩如此亲昵地站在一起，凝视着她美丽的双眼，一起抽着烟聊天。现在，他们并肩走着。尽管她的鞋子破破烂烂的，可看起来步履轻巧斯文，完全像一位淑女。

"太棒了。"他说着，轻轻朝前跳了一小步。

"什么事太棒了?"

---

①　吉娜·劳洛勃丽吉达：意大利著名影星。

"样样事。"他说，轻轻捏了捏她的胳膊。一位邻居看来刚买了些东西，正沿着路走过来。

"晚上好，芳德罗娃太太。"加斯顿彬彬有礼地问候，以便她能够注意到自己。

芳德罗娃太太放下手中的袋子，上上下下打量起他，看见他挎着一个女孩的胳膊，再也忍不住了。"噢，你可怜的，可怜的母亲呐。"

吉卜赛女孩拐到了一条小街上，前面是通往河边去的。她深深地叹着气，满心忧愁的样子。在这种小街，什么都可能出现，什么都可能发生。一根高高的汽灯柱伫立在一栋颓败的建筑前，好像蒂罗尔①风格的农场房子。一截木头楼梯通往二楼。一段朽了的扶手业已断裂，就这么悬垂在那里了，倒像是一架梯子。

黑暗中，面包皮上的面粉雪白发光，吉卜赛女孩从上面撕下来一块放在嘴里嚼着，面包就像她那阿拉伯人勾人魂魄的眼白一样亮晶晶。

"有一次我散步到过这条街，这儿有种特别奇怪的感觉，"他亲密地对她倾诉。"当时，下着瓢泼大雨，就是在这儿，这个汽灯的光底下，我看见有三个吉卜赛小孩儿，又是唱又是跳的，雨水哗哗浇在他们身上，可他们嘴里还唱着'gragra gloglo'，穿

---

① 蒂罗尔：奥地利西南部的州，首府为因斯布鲁克。

梭似的继续跳着他们的舞。雨下得那么大，不知道为什么，那几个孩子突然让我心里觉得一派阳光明媚。"

"那几个是我姐姐的孩子，"她一边说着，一只脚已经踏上了第一级台阶。"想和我一起上来吗？"

"当然想，可你姐姐呢？"

"噢，她和孩子们一起采啤酒花去了。"

"那面包是给谁的？"

"我弟弟，他现在在干活呢。"她几步跑上楼梯，在最上面的台阶转过身来给加斯顿指引方向。"小心，有块木板没有了，就是那儿。不，别踩那边。"加斯顿紧紧抓住楼梯扶手，但扶手脱落到地上撞碎了。等他终于上到楼上，他看见屋顶上有一个洞，透过洞可以看见星星。吉卜赛女孩神采飞扬，脚步轻巧地蹦跳着，他就听见木头地板下面像是有什么塌了，接着是砰的一声什么东西掉到底下院子里的声音。她牵着他的手，踢开一扇门，门发出一声幽长的呻吟。他们经过一条漆黑的长廊，等她再打开另一扇门，拉着他走进去的时候，加斯顿惊愕得根本合不上嘴。

"喔，怎么会这样！"

这个房间有两面窗子，其中一面被汽灯照得通亮。汽灯从外面的人行道一直照进来，照到这间宽敞空荡的房间的地板上。窗台上放着一面镜子，光照在镜子上再反射出去，在天花板中间映出了一个银色的长方形的投影。从那块银色的投影里，美好，温柔，如雾霭的光雨点般洒落下来，使得叮叮当当悬挂在天花板上的一架威尼斯枝形吊灯显得异常华美，每一片小小的水晶都光芒四射，令人恍惚置身于一家琳琅满目的珠宝店。弧形的天花板，如同一把白色的四骨大伞罩下来。

"那架枝形吊灯——你们是从哪里……呃……"

"什么？吊灯？噢，你是想问我们是从哪里搞到手的吧？"她问他，手里模仿小偷顺手牵羊的动作。

"呃……好吧……你们是从哪里搞到手的？"

"假如我们不是从一家旧货店花钱买的，"她把手中的面包放在另外那个窗台上，气呼呼地回答说，"就让我的孩子全都不得好死！我姐姐她，本来可以买下一个厨房的，可她就是想要这个吊灯，"她说着，快步经过一面从地面一直竖到天花板的镜子，走到房间另一头去了。

加斯顿跟在她身后，第二次瞥见了那架吊灯，这次是它在镜子里的投影，即便是在镜子里，它依然是璀璨夺目，像一棵亮满了蜡烛的圣诞树。

"我们可不是那些普通的吉卜赛人，告诉你吧，"她说，摆出芭蕾舞的一位手。"我们的祖父可是一位吉卜赛男爵。他穿着夹克，拿着竹手杖，我的一个姐姐专门负责给他开门，还有一个姐姐负责为他把皮鞋擦得锃亮。就是这样的！"可当她把鼻子翘得老高，摆出一副清高的架子时，却开始咳嗽起来。

"好啦，好啦，你怎么伤风这么严重？"

"吉卜赛人总是会伤风的。有一次，我们上剧院看卡门。卡门就是个吉卜赛人，她唱起歌来就像得了伤风。"

"你在哪儿干活？"

"我？就在我睡觉的地方。一家砖厂。我做饭，打扫卫生。"她叹了口气，拿起一张报纸，走到窗前，就着汽灯的光亮看起来。

加斯顿觉出自己的脸也在镜子里。那架威尼斯吊灯从他的脑袋里蜿蜒着伸出来；无数拱形的玻璃钻石从中喷涌而出。他还能看见吉卜赛女孩也在镜子中。她正坐在窗台上看着手里白晃晃的报纸。他想，假如朋友们看见他在这里会怎么想，他的脑海里立刻浮现出他们嫉妒气愤得脸都变绿了的模样，不禁在房间里晕晕乎乎转了起来，不由得发出一声欢呼。

"嘿！你！捷克人！"吉卜赛女孩喊他，从窗台上跳了下来。"那四十克朗呢？你不会后悔的。吉卜赛女孩又好又干净。"为了证明自己的说法，她特别撩起那两片别在一起的围裙，指给他看镜子里自己白得发亮的衬裤。

"四十克朗，行吧？"说着她朝他身上靠过来。

他伸出双手环抱住她，他在电影里看见过就是这样的，摸到她突出的肩胛骨，才定下心神说，"不，不行。三十五克朗，不然就算了。"

"那好吧，三十五。但要马上给。"

"不，之后给。我看过之后，就像你之前说的。"

"我就知道你们。你们全都是一样的。一开始甜言蜜语，等到女孩弄到手就一脚踢开。"

"我可不是！"加斯顿说，挺直了身板。"听好了，如果我答应了你，我就会做到。"

"好吧，也行。不过你先给我看看大头像。你不知道我多么想要那件毛衣。"她抓起他的手，搁在自己的胸脯上。"想想我穿上会有多么漂亮。"她伸出两只手臂抱着他，手掌在他的脖子后面扣握在一起。他掏出钱夹，取出一张钞票，心里还抱着一丝侥幸，但愿不是张一百的。是张五十的。

"嗬！你可真阔气！"她嘴里嚷着，踮起脚尖，将额头抵着他的额头，轻轻扭摆起来，两个人的眼角都挨到了一起。她又温柔地来回摇动着脑袋，他们的眼睛似乎都快要挤到一起去了。接着她的眼睫毛轻轻地眨了几眨，在他的睫毛上扑闪挑逗。她说，"好了，我们走吧。或者你觉着这里怎么样？"

"不，"他答，艰难地咽了一下口水，捻走黏在上下嘴唇间的一丝长长的黑发。"不，我妈不在家，所以，我们可以去我那里。可以来点咖啡，再加点爵士乐，再……"

吉卜赛女孩用一长串带着苦杏仁味道的吻堵住了他后面的

话，加斯顿的一只眼睛望向镜中，镜子就像是一幅电影银幕。"太奢侈了，"她望着他的另一只眼睛说。"没人在家，没人，没人。没有别人，只有我们两个，加上咖啡，加上爵士乐!"

他再次拥紧她，然后——打量了一番镜中的自己后——说，"你可太漂亮了，朱琳卡。"

"我不叫朱琳卡，付钱怎么样?"

"好，给你。"

他注视着，电影银幕里，自己递给女孩一张五十克朗的钞票。

她接过钱，轻轻拍了拍，折了三折，卷起一件围裙，将它插进白色衬裤的橡筋腰带里。

白色的面包，白色的报纸，白色的衬裤，白色的汽灯，灯光透过镜子反射到天花板上，一切都是纯白的，在这纯白之下，加斯顿紧拥着吉卜赛女孩，亲吻她，搂着她的腰，热拉尔·菲利普①在电影里就是那样做的。他注意到女孩将手盖在那张钞票上。

他们出了房间，走进长廊，透过屋顶，星星依然闪烁。加斯顿笑起来说，"喔，怎么会这样!"然后自己又接着说，"我姨妈说过，一个房间里得有十五个吉卜赛人，要不然他们就觉得自己被抛弃了，是这样吧?"

---

① 热拉尔·菲利普：法国演员、导演及编剧。

二

房间里很暗，唯一的光源就是收音机背面的电子管。一只绿色的眼睛亮着，说明它是开着的。一段哀伤的爵士乐仿佛从说话人的灵魂深处流泻而出，却被前景里路易斯·阿姆斯特朗①沙哑的嗓音盖住了。他大概是坐着，小号就放在大腿上，与其说是在演唱，倒不如说是在粗声粗气地发牢骚，他应该是喝了今晚的第十杯酒吧，终于坐下来自说自话，怀念起往昔的一切。

"嘿，亲爱的，"吉卜赛女孩在冰凉的毯子底下喊他，"来根烟怎么样？"

"烟在椅子上，火柴也在。"

此刻路易斯·阿姆斯特朗停止歌唱了，拿起他的小号，用黑色的手指紧紧握住，像裹一瓶香槟酒那样用他的手帕裹起小号吹口，开始演奏那段关于蓝莓山上的那个女孩的旋律，听起来就像有人在他的心肝上用刀子乱戳了一气，或是喂他吃了一嘴的碎玻璃。

"可别把床给烧着了！"

"不会的。不过，就算烧着了又怎么样呢？嘿，这家伙唱歌

---

① 路易斯·阿姆斯特朗（Louis Armstrong）：美国著名爵士歌手，爵士乐的灵魂人物。

和我说话倒是挺像。"

"他是个黑人，和你一样。把烟灰弹到床后面去。"

"好的，亲爱的。嘿，你过来。"

"要我开灯吗？"

"不要，人在黑暗中看起来更好，可是……"

"可是什么？"加斯顿激动地说，跳了起来。"你甚至都不让我把你的围裙解开，我全部的尝试不过是用这该死的手指试探！为什么有那么多'可是'？"

"我一直都在想，你马上就会赶我走。"

"那是必须的。"

"到我这儿来，亲爱的，"她翻了一个身说。"让我一整晚都挨着你睡吧。当一个吉卜赛女孩和某人过夜，她就是爱上他了。"

"别把床点着了！"

她尽量把那支还燃着的烟举高点。"别担心了，嘿，听着。我现在就想着你。今晚就让我在这里过夜，行吗？你不会后悔的。"

"可我还得早起去工作。"

"这么说你认为我会偷你的东西。"

"我可没这么说，但……"

"你他妈的已经给了我很多了。说来说去，你这混蛋还以为我不知道？我们的伊隆卡过去不就常来这栋楼吗？她是不是就是在这里割腕的？"

"可我跟这事没有半点关系，"他跳了起来大声争辩，但又很快坐了下去，接着说了一句，"是我的邻居弗朗达……嘿，你把那根香烟弄哪儿去了？"

"你看不见吗？我把它弄熄了，在那边的那个盒子里。我告诉你，总有一天我们要和你们那个弗朗达算这笔账的。我们会扯平的。你就不要担心了，会扯平的。"

"别在床上翻来滚去的。"

"我说，捷克人，你以为你这是在和谁说话呢？我不是乞丐，你知道的。我有两套换洗的床单，还有两套窗帘。而且，我的祖父是一位男爵，拿着竹手杖，穿着蓝色的夹克。你知道吗，我的窗帘会把你这整个房间都照亮。"

"可能吧，但为什么你不能让我解开你的围裙？为什么？为什么除了你的脖子附近别的地方我全都不能碰？告诉我，是为什么？"

"你想知道为什么？因为我怕你会……"说着，她学了一个小偷的看家动作。

"你是怕我会把那五十克朗又偷回去？你的意思是因为这个你才不让我解开你的围裙？"

"我们必须得非常非常谨慎……不，过来挨着我坐下，宝贝。你好好听我说。我们一起开始全新的生活，你觉得怎么样？"

"这个我还从来没想过呢。"

"其实这就和123一样简单。我来教你。首先，我们把各自的财产都拿出来，放到一起。如果我做了什么让你不高兴的事，你可以赶我走。用不了太久的。我会做饭，打扫屋子。我会给你缝衣服，洗衣服，给你送晚饭。我也会让你脱掉我所有的衣服，只要你不去追求别的女人。"

"我连女朋友都没有。"

"很好。事情总是会这样的。我总是会发现的，我会跳到伏尔塔瓦河里去的。不过，假如我们出去跳舞，有人邀请我跳下一曲。你会怎么办？"

"我会怎么办……"

"你的意思是你就任由我去和别人跳舞？"她嚷嚷着从床上跳了下来。

"上床之前，把你的脚洗干净。你看看有多脏。"他忧虑地说。

"很高兴看到你是个居家好男人，"她说着，拍了拍脚上的灰，"可你真的任由我去和别的男人跳舞吗？"他只是打了个呵欠，一脸茫然不解，看他如此反应，她接着说，"你是说你甚至都不会给我几巴掌？"说着，重重地坐在冷冷的毯子上。加斯顿闭上双眼，开始揉自己的太阳穴。他脑中浮现出自己在今晚早些时候在杂货店玻璃窗中看见的自己的脸，还有后来镜子中吉卜赛女孩对自己温柔殷勤的情形，还有后来，在这里，在床上，她是多么的害怕，后来又是多么羞耻、尴尬的样子。一番思忖后，他对她说，"当我决定和你结束的时候，你是不会知道我会怎么对付你的。"

"这就对了，我知道了，你是真喜欢我的！"她翻了个身，趴在床上，一双光脚在空中踢着。

"其实，我是更喜欢一个人待着的那种性格。"他说。

"挺好，就应该是这样的，"她说。"亲爱的，你知道吗，我们俩在家待一起的时候，我可以像不存在似的。你会看见一个吉卜赛女孩可以多么安静，只要是她的丈夫希望她安静下来。"

"可不知不觉就会有孩子，各种各样的麻烦也就跟着他们来了。"

"你这是什么意思？我自己就有一个小女孩。她叫玛吉卡。"

"太糟了。我一直都想要金发的孩子。"

"你的孩子会是金发的，没错。玛吉卡就是金发。她的爸爸是个捷克人，当他开始找我要钱买酒喝，我就甩了他。她是个很漂亮的小家伙。"

"好吧，好吧，可你打算让她在哪儿睡呢？"他抓耳挠腮一副为难的样子。

"我在哪儿睡，她就在哪儿睡。抽屉里也行，衣柜里也行。她马上就三岁了。要不了多久她就可以给你出去买香烟，买啤酒，还会给你递拖鞋呢。哎，你的窗户是多宽？"

"四英尺。"

她在床上用力一弹，又换成了仰面朝上。

"我们太走运了，"她兴高采烈地大声说。"刚刚好，合我的窗帘的尺寸。挂上我的窗帘，这里立马就会变个样！我现在就让你瞧瞧我是说话算数的"——她两条腿在床沿晃啊晃，卷起一片围裙——"这，我的五十克朗，放回来。我们把这钱当作备用，好吧？"她从衬裤的橡皮筋裤腰里抽出那张叠好的钞票，把它放在桌子上，录音机的绿色眼睛注视着它。

"你多大了？"他问。

"18，我还可以漂亮十年。你呢？"

"23。"

"完美。你还有 15 年的好时光。但你要记得，如果我同别人跳舞，你就得狠狠地揍我一顿。"

"我保证会！"

"发誓？"

"我发誓。"

"好。现在我就相信你了。你会看见一个吉卜赛女孩为了她爱的人是什么都可以做到的。别人全都会嫉妒你，你是我的男人，你就是我的主人和上帝。从现在开始你就是我的一切。"

她说得如此庄重，一边还缓缓点着头表示对自己的话非常之赞同。与此同时，加斯顿环视所在的这个房间。周遭的一切看起来都是那么乏味，令人沮丧。他想起那个有着威尼斯吊灯的房间，那个窗外亮着汽灯的房间，他脑海里便只剩下唯一一个念头：把一切打包，永远离开这里，到那个贫民窟去，到那个摇摇欲坠的破楼去，在那里，你可以透过走廊的天花板看见群星，你可以在雪白的街灯底下随意翻翻晚报。

"我母亲会怎么说呢？"他问。

"这个留给我就好了。'好歹我也算是个人呐，'我会告诉她的。如果她说，'你？娶一个吉卜赛人？除非你从我的尸体上跨过去。'你会怎么回答？"

"我就说，'手脚摊开点，妈，我要跨过去了。'"

她送上她的双唇。"为了爱。"

他手指颤抖着解开一个别针，然后第二个，两片被别在一起的围裙滑落到地上，如一件祭司的长袍。

在他们的身后，三个黑人的声音兀自低沉地唱着"我妈妈告诉过我"，三个强壮有力的黑人女子站在一架竖立在井底的梯子上，她们的歌声仿佛在向灵魂深处寻究，寻究那"今夜神伤"中的难以言明的喜悦。

三

这座老房子的正面有一排灌木丛，一只鸟儿为这个清晨奉献出它的第一声婉转的颤音。其他的鸟儿也不甘示弱，直到早晨的空气中充满了它们热闹的鸣唱。加斯顿和那个吉卜赛女孩手挽着手，在一个陈列最新电影海报的玻璃广告箱前面停了下来。一幅热拉尔·菲利普手持长剑，敞开着衬衣的海报最让他过目难忘。

"让我干什么都可以，像芳芳骑士那样——哪怕一天也行。"加斯顿神往地说。

"谁？他？"

"这可不是随便什么不入流的。这是热拉尔·菲利普。你知道的——芳芳骑士。"

"那又怎么样？你听我说，好吗？你是一个水管工的助手，有人家里马桶冲不了水的时候，他们会去找谁？是你！家里的水管出了问题，他们会去叫谁？是你！他们该拍部关于你，关于我的电影，我们才应该是他们电影的主角。你看，如果你每个月都能拿到薪水，同时还帮助了别人。跟这相比，拿着把剑从一个屋顶跳到另一个屋顶又有什么意义？等我们到了砖厂，你就会明白，每个吉卜赛人每一秒钟都是骑士——只不过他们做的是砖，而这些砖会变成建筑。"

"可热拉尔多帅。"

"他？帅吗？"她一边说，手里一边揭起海报的一角，猛地一扯，将它撕了下来。"等我们结婚的时候，我邀请我的那些在挖煤的表兄弟们过来。到那时候你就会亲眼看见你的热拉尔了，还是四个，排成一排呢。我还要邀请我的祖父，他穿着蓝色的夹克，手里拿着竹杖。"她的表情非常认真。

"你就和我的父亲德米特尔一模一样帅。小时候，他总是把我抱在怀里，他一边抽着烟，过那么一会儿，就递一根烟给在后面的妈妈——她总是走在他的身后——所以她也就吞云吐雾起来。他也是个煤矿工人，人们总是说他看起来活像一位印度酋长。"

她滔滔不绝地讲啊讲啊，他们沿着伏尔塔瓦河向前走。在他的生命中，加斯顿第一次意识到一个女人是怎样给予一个男人以自信的。天渐渐开始亮了。随处可见钓鱼的人，躬着身子，俯在弓着的鱼竿上面。从江心的一个岛上，传来一群德国牧羊犬的噪叫，它们被关在笼子里。树上，灌木丛里，时时有鸣禽扑闪，枝叶轻轻摇动。

"简短点说吧，你是一个水管工，还有什么能比你更好？"

"告诉你，"加斯顿亲密地说，"那个家伙，也就是我的师傅，可真是太离谱了。他总是坚持要我直呼他的名字。我怎么可能直呼他的名字？他比我大二十岁呢。而且，当我告诉他我觉得这样不太合适的时候，你猜他怎么着？我们当时正在喝酒，他用手指指着我，当着所有其他人用好大的声音说，'你们给我说说，好人们，你们见过这样的傻瓜吗？'"

"喔，怎么会这样！"吉卜赛女孩说。

加斯顿笑了起来。"是啊，他说，'你看，如果我们彼此都互称其名，我就是你的朋友啦，我就可以把所有该注意的要领全都告诉你，你干起活来就又快又好了。'他这话说得是对，可我就只能看着他的眼睛说，'先生，您别发火，可是您的孩子都已经成年了。而且，说到干活，我跟您比差的可不是一点点呢，这可不能开玩笑。'你知道他怎么样吗？他又用他的手指指着我大声嚷起来，'加斯顿在这儿想要和我保持距离呢。你们见过这样的傻瓜吗？'如此这样好几次后，他压低嗓门对我说，'你现在得给我来个好的，加斯顿。你必须得照着我的动作，丝毫不错，这样你就能做好了。当一匹马崽子吸干了母马的奶汁，加斯顿，你知道它会怎么做吗？它会踢它。事实就是这样的！好了，如果这就是你想要的，我们之间现在就是战争。不对，不是战争。是集中营！从现在开始我们要各拿各的工具箱啦！'说着，他提起我们的工具箱，把我的午餐拿出来扔在了地上。我去捡起来，他又从我手中把它踢掉。"

"原来你叫加斯顿！"她说。"加斯顿。加斯顿。哎，我来跟你说点事，加斯顿，你的名字可比芳芳好听多了。可你为什么不就照他说的直呼其名呢？你是他的助手，对不对？"此时，他们已经走到了一座桥上，停下了脚步，吉卜赛女孩抚摸着栏杆粗糙的表面。

"你也摸摸看，"她对他说。"你能感觉到这上面还有昨天的阳光。可你为什么不就对他直呼其名呢？"

加斯顿身子靠着栏杆，伸出双臂，环抱住女孩。"因为害羞。"

他用食指指了指自己。

河岸上，有一个个子很大的吉卜赛人裸身盖着一张被子躺在那里。他仰面躺着，上半身露在外面，每一寸肌肤都刺满了文身，就像一本精美的图画书。他头枕着一只胳膊，胳膊上的肌肉极其强壮。他浓密的胡子就像两条马尾，另一只胳膊手里拿着烟在抽。巨人凝视着淡蓝色的天空里最后残留的那颗星星，不紧不慢地打发着时间。在他的身旁，有一个一头鬈发的脑袋，脸深深地埋在枕头里。马车的挂杆，一匹马的侧影，前前后后不停摆动着的马尾，从桥洞底下半露出来。

"吉卜赛人，"吉卜赛女孩带着几分骄傲说。"他们一定是从远方来的。可能是来这里找活儿干的，就和我们去年一样。"

"他们为什么把马拴在桥下，自己就这么在露天野外过夜呢？"

　　"要吉卜赛人习惯在屋子里面睡觉是需要时间的。我们也过了很久才习惯。气候宜人的时候，我们都喜欢在外面睡觉。被关在屋子里实在是太憋闷了……告诉你，我爸爸德米特尔也全身都是文身，就跟躺在那里的那家伙一样。星期天的时候，我们就和他一起赖在床上，用手指在他身上点啊画啊，就当他是一本图画书。而他呢，就哈哈放声大笑。他可怕痒！"

　　"真有意思，"加斯顿说，"我从没想过，现在还有这样的人。"

　　这时，文身巨人旁边那个鬈发的脑袋翻了个身，把柳树般纷乱的头发从眼睛上拂开，原来是一个吉卜赛女人，她伸懒腰，打呵欠。这时，她的男人的眼睛仍然久久地注视着天空，手里却把烟递给了她，她也仰面看着晨曦中的天空，吸了几口烟，然后递回给他。他便又接着享受这蓝色的烟雾了。等电车的人们趴在桥栏杆上看他们，而他们若无其事地你一口我一口分享着那根烟，深深地望着此刻已经变作粉红的天空。最后那颗星也已消失不见了。电车来了。

　　他们跳上最后一节车厢的车尾，站着。吉卜赛女孩十分骄傲的样子；她身子站得笔挺，眼睛毫不躲闪，直直地瞅着刚才那些围观者的眼睛。但时间太早了，人们大多都在站着打盹儿，要么就是双眼低垂盯着地板。吉卜赛女孩看见一个女人正沿街走着，用手里拿着的一根竹棍熄灭一盏盏汽灯。

　　"我的祖父就有一根竹杖，还有一件蓝色的夹克，"女孩讲，"如果他在街上碰到有人在争吵或是彼此谩骂，他只要举起他的竹杖，就这么"——她用手指在空中长长地划了一道——"一切就到此为止了。如果还有人胆敢再生事端，他就会像这样，用他的手指"——她做了个召唤的手势——"那个吉卜赛人就要立刻走到祖父面前来，任我祖父用竹杖在他的脑门上敲打敲打。可不是闹着玩的。"

　　"听起来真是难以置信啊。"加斯顿说。

　　"如果我撒了谎，就让我的孩子不得好死！"她舔舔一根手指头，举起来发誓。"你知道吗，我的祖父是男爵，还要当足球裁判。人都到齐了，二十个吉卜赛人，这边，二十个，那边，还有我的祖父……"

　　"可足球赛各方只有十一个人，"加斯顿说，他话音未落，一眼就瞧见了他的水管工师傅，可把他吓得慌了神。他还没回过劲儿来，水管工已经从自己的座位上站起身，一步一步缓缓地朝这边走过来了。他先是看了看加斯顿，接着又看了看吉卜赛女孩，女孩正一边跺着脚一边讲，"一队二十人，另一队也是。我当然知道啦，我就在那里。祖父握着他的竹杖当裁判。他的脖子上用一根黄色的丝带挂着一个银色的哨子，只要有人踢到了别人而且踢得太重，祖父就使劲地把哨子一吹，就像这样，用手指"——她又做出召唤的手势——"那个被逮住的行为粗野的家伙就会跑过来，祖父用他的竹杖在他的头上用力地抽一记，因为他是一位吉卜赛男爵。那个犯了错的家伙抱着头大声连连呼痛，等不痛了，就又跑去继续比赛。"

"可不就应该这么玩。干活也是，对不对？加斯顿？"水管工师傅问。

"我说先生，您喝醉了。管好您自己的事，行吗？"吉卜赛女孩眨着明亮的眼睛回答道。

"这是我的老板。"加斯顿赶紧给她介绍。

"你？"吉卜赛女孩吃惊地问。

"呃，这位是我的……未婚妻。"加斯顿说。

"加斯顿，"水管工摇晃着脑袋说，"从现在开始，我们又可以共用一个工具箱了，名也好姓也好，你想怎么就怎么吧，现在你说了算，你已经证明了你自己，我可从来没交到过吉卜赛女朋友，哦，要知道，这曾经是我的一个梦想呢。"说着，他唱起一支吉卜赛人的流行歌曲来，只不过唱得醉意醺醺的。

水管工的一只脚已经踏上了向外的台阶。清晨的风掀动他已不太多的头发。电车慢慢停了下来。"你见过像这样的傻瓜吗？"他说着用手指了指自己，鞠了一躬，跳下电车。

"嘿！帕维尔，您这是又喝醉了？"加斯顿身子探出车外，追在他后面大声喊，"要我送您回家吗？"

水管工回过头来，挥了挥手，做出一个甘拜下风，自认不如年轻人的手势……山坡上，他们下了车，加斯顿挽着吉卜赛女孩的手臂。"他就是爱喝酒，尽管如此，人却很好。他在这个世界上孑然一身。他结过婚，有过孩子，可等孩子们都成年了，他的妻子却告诉他孩子不是他的。她说，她要离开他，去找孩子们的亲生父亲了，感谢他把孩子们抚养大……每次一想到这，他就直拍自己的脑门，揉眼睛，捧起酒杯喝上一大口，把这个故事给我再讲上一遍，还追问我，'你听说过这样的事吗？加斯顿。我，就摊上了这样的事了。'"

跨过一道溪谷，他们离开城市的边缘，沿着砖厂的篱笆向前走着。没过多久，他们就碰到了一位老人，手里端着把猎枪，站在一棵槐树底下。

"谁？"他喝问道。

"是我，老爹。"吉卜赛女孩应了一声，嗓音沙哑。

"啊哈！小偷！还是一伙呢，你们最好小心点。别给我找任何借口，数到三，给我马上滚。我可瞄准了！"这位年纪不轻了的守卫嘴里大喝着，吓得半死。

"嘿，老爹，我是送您的女儿回家来的。"加斯顿大声说。

老人走到门口来，把枪甩到背后搭在肩上。"哦？是你，你这小猴子，不是早就应该在床上了吗，"他说，"那个人又是谁？"

"我的爱人。"

"爱人！我敢打赌他连你的名字都还不知道吧。"

"您说得对，我不知道。"

"可你对她已经知道得够多，够上床了。就像我们年轻的时候那样，"他一边打开门，一边似乎在想着什么。"我说，"他用胳膊搂着加斯顿的肩头，"你干得好。但你要保证永远都爱她。曾经有一次，我穿过丛林的时候，遇到了一个女孩，还没等我们走到第一个村庄，我就向她求婚了，她也答应了我的求婚。到后来，我们才向彼此介绍自己呢！我们偷偷摸摸在一起同居了两年，但最终我们还是结婚了……你刚才听见什么声音了没有？"他突然变得严肃起来，抬起一条腿，像一根指针。

"没有。"加斯顿低声回答。

"那就好，因为我总是听见的比看见的多。所以我常常梦见被劫匪洗劫一空。"

他们穿过粉红的薄雾，碧绿的青草，一起向前走去，加斯顿说，"这活儿可不轻松。"

"我也有同感，"老守卫叹了口气，"但我还是很喜欢。所以你得到了一位吉卜赛女孩。勇敢的人，你不会走错路的，只要你紧紧拉住手里的缰绳……如果你能做到，你的人生就会是天堂。我的妻子就是坐着大篷车来的，她也曾经是个流浪者……可是你，你这个小流浪者，你看起来很冷。来吧，年轻人，我带你去看看你的玛吉特睡觉的地方。"

"玛吉特。多么好听的名字！"

尽管浑身瑟瑟发抖，还喷嚏不断，那个吉卜赛女孩仍保持着微笑。这时，老人指着一小片槐树林子给他看。林子中随处铺着一张张被子，被子庇护着熟睡的吉卜赛人，有的大模大样摊开手脚，有的蜷成一团，还有的看起来就像是在前一晚被枪杀了一样。但他们全都呼吸均匀，沉坠在甜甜舒适的睡梦之中。这个制砖工人的宿舍到处都装饰着一个孩子的一绺绺鬈发。

"在那边他们已经有了自己狭小简陋的房子。但一到夏天，夜晚变得炎热起来，他们就全都搬到外面这里来。对于他们来说，屋子里太憋闷了。因为他们的血太热，你知道的。"老守卫在一旁偷笑。

山下的布拉格开始从蓝色的薄雾里渐渐露出身影。电灯还亮着，从一条街到另一条街，串起来，像一串花环，使得这个城市看起来像一个忘了停业的马戏团。帕特星山①顶的高塔上，红色的警示灯依然亮着，一颗红宝石在避雷针的顶端熠熠闪光，比斯特莱索维斯②医院的高烟囱还要高。可是在这里，一群疲惫的吉卜赛人在晨曦中沉睡不醒，身边满地都是落下的死去的槐花花朵——吉卜赛人，曾经的游牧民族，如今早已不在，他们还戴着他们的耳环，猎人的帽子，赶着他们的马车，来到布拉

① 帕特星山（Petrin Hill）：位于布拉格。
② 斯特莱索维斯（Stresovice）：位于布拉格。

格，用他们浪漫的不定居的生活来换取每天干活的日子。

　　"我在树下就是睡不着，"女孩一边咳嗽一边说。"槐花一落在我的鼻子上，我就会梦见有蛾子歇在我的头上，要不然就梦见下雪。"她两只脚轮流跳着，好让自己能稍稍暖和点。"再见，加斯顿，明天见，我会在芳芳的海报底下等你。或者，你干吗不直接上我们家来呢？你知道在哪儿的。再见！"她跳过一个酣睡者，在一棵接骨木树前扭过头来再次向他挥手告别。那两片用别针别着的围裙萎落在地，她溜进一张被子底下，躺在一对孩子的身边。

　　"我们走走吧，"老守卫说，又开始了他的巡视。"这里的贼实在是太猖狂，如果他们找不到路进来，说不定会穿过天花板从天而降呢。哼，我在的时候，他们最好小心点。因为没有谁能从我这里得到第二次机会。我二话不说就开枪，就这么简单。所以，你已经得到了一个吉卜赛女孩，对不对？"但加斯顿此刻正在看一个吉卜赛小男孩，小男孩从一张被子底下蹒跚地爬出来，一路摇摇摆摆走到林子边来撒尿。尿液在空中画了一个高高的弧线，弧线的底下，就是他脚下的整个城市。

　　"谁能说得准呢？"守卫老人说，"那个小淘气说不定哪天就成了总统呢……所以，你已经得到了一个吉卜赛女孩。但他们在家里会怎么说呢？假如你妈妈说，'一个吉卜赛人？除非你从我的尸体上跨过去。'你会怎么说呢？"

　　"我会说，'手脚摊开点，妈妈，我要跨过去了。是那个吉卜赛女孩让我回到了现实。'"他一只手撑在身后，向底下的山谷望去，一辆街车，像一把口琴，正穿过一座白色的桥。早上的太阳照在车窗玻璃上熠熠发光。

巴比代尔

几个老人坐在水泥厂门口的长条凳子上正大声嚷嚷着，他们揪住彼此的衣领，冲对方的耳朵扯着嗓门喊着什么。

水泥粉尘如细雨笼罩，所有的房子也好，花园也好，统统镀上了一层极细的石灰末。

我朝着那片灰蒙蒙的田野走去。

在一株孤零零的梨树底下，有个小个子拿着把镰刀在割草。

"打扰下，请问门卫室那边那些喊啊叫啊的老人是什么人？"

"大门那边？那都是我们的退休工人。"小个子回答我，手里的活儿也没停。

"真是养老的好法子。"我说。

"可不!"那人说,"我也想快点退休,要不了几年了。"

"希望您如愿!"

"噢,没问题的。在咱们国家,这里就对人身体挺好。平均寿命都有 70 呢,"这人说着,继续用一只手熟练地忙着。水泥粉尘从草丛里喷涌出来,就像一堆火被水当头浇熄冒出的浓烟。

"可您能告诉我那些老工人在争论什么吗?干吗一直大喊大叫的?"

"他们就喜欢看厂子生产。他们个个觉得要是自己还在,保准能干得更好。不管什么说,他们嗓门越大,到了晚上嗓子眼就越渴。你知道的,他们全都在这儿干了整一辈子,都是和这个工厂一起变老的,离了这里,他们哪活得了?"

"那他们怎么不去摘摘蘑菇什么的?要不简单收拾下,找个安静的地方休息休息?还可以去林区买个小房子,买块地呢。"我用手背擦了擦鼻尖。手上留下一道黏黑的污迹。

"嗯,那我告诉你,"那人停下手里的动作,讲了起来。"这些老家伙里头,有个叫马瑞塞克的还真搬走了,搬到克拉多瓦另一头的林区去。两个星期后就躺在救护车里回来了。新鲜空气害他得了气喘。回来不过两天,才又浑身舒坦了。喏,门口那个,嗓门最大的——就是马瑞塞克。你得相信,我说的错不了,我们这里的空气老得像后腿肉,稠得像豌豆汤。"

"我对豌豆汤没兴趣。"走着，我走到梨树下。

一队马踏着满地尘土从我们身边跑过，腾起漫天厚厚的灰雾，连马拉的车都完完全全看不见了。车夫仍旧在一片昏暗中兴高采烈地唱着他快乐的歌。突然，右边的一匹马兀然乱了步子，扯掉了梨树上的几根细枝，大概有一百磅那么重的水泥灰扑扑直往下落。我探出双手，在一片茫茫不见中摸索。

我马上发现，尽管我今天出门穿的是件深色的西装，现在我身上的已然是灰色的了。

"请问您知道杰卡·伯甘住在哪儿吗？"我问他。

那人又开始割草了，和之前一样，用那只空着的手保持身体的平衡。就在这时，他手里的镰刀打到了一个鼹鼠丘，他突然跳起身来，朝着野外撒腿便跑。

"马蜂！"他大叫一声，手里的镰刀在头顶上乱舞。

我只得也跟着他跑起来。"对不起，您能告诉我杰卡·伯甘住在哪儿吗？"

"我就是杰卡的爸爸。"他回头冲我喊，脚下一点儿也不见慢，锋利的镰刀驱赶着一大群极具攻击性的马蜂。

"很高兴见到您。我是杰卡的朋友。"我赶紧自我介绍。

"知道你来了，他一定很高兴。他天天盼着呢。"伯甘先生大声说，脚下突然加速。他把镰刀挥舞得密不透风，让马蜂不得近身，却不料那该死的镰刀最后竟然挥到了他那可怜的脑袋上。可即便如此，他也没有停止，永远就在我前面一点的地方疯跑，镰刀插在头顶，高高耸立着，就像帽子上插着的一根羽毛。

在他家房子门前，我们停了下来。他连鼻孔都不曾露出过一丝颤动慌乱之色。鲜血从他像戴了个灰色套子的头上汩汩流下，从耳朵两边一直到下巴底下，汇聚成一大颗一大颗再滴落下来。

"我来帮您拔出来。"我说。

"不忙不忙。我儿子说不定想把我这样子画成画呢。我老婆来了。"

一个重量颇为可观的女人从门里走出来，袖子高高卷起，两手腻乎乎，绝对是刚给一只鹅开膛破肚过的。她的一只眼皮比另一只下垂得更厉害，下嘴唇沉沉地耷拉着。

"我一直都盼着你来呢，"女人说，一边热切地搓揉着我的手。"欢迎，欢迎。"

这时，杰卡，面颊红通通地，也从门里跑了出来。他一只手握着我的手摇了摇，另一只手指给我看远处的田野。"很美，是不是？我没说谎吧？多么动人的色彩！多么美丽的风景！多么新鲜的空气！"

"不错，确实不错。可你要不要先看看你父亲怎么样了。"我提醒他。

"怎么了?"杰卡四处张望着问。

"怎么了?! 天,你瞧瞧!"我回答他,扭了扭耸立在伯甘先生头上活像个巨大的鸟嘴的镰刀。

"哎哟。"伯甘先生叫。

"哦,那个呀,"我的朋友手一挥,"我还以为真发生什么大事了呢。妈! 你来看! 爸一定又去追那些马蜂了。真淘气,太淘气了!"他转过身来对着我,笑说,"我们总是这样闹着玩。有一次,有人偷了我家的兔子,我爸决定给他们点教训,就在粪坑上铺了几块木板,只要有人晚上踩到了木板,就会掉到粪坑里去,对了,粪坑旁边就是兔子窝。结果呢,你肯定猜不到:我爸把这事忘了个精光,第二天早上,自己掉了进去。"

"其实也没多深。"伯甘先生说。

"有多深?"杰卡朝他爸爸靠过去问。

"哦,就到这里。"伯甘先生用手比画到喉咙那里回答说。

"到那里,你瞧!"杰卡粗着嗓门讲道,"有段时间,我爸决定当个环卫工程师。他把一桶碳化物倒进了户外的厕所里。几分钟后,又去清理他的烟斗。那个时候,我刚巧走了出来,你猜我看见了什么? 一声巨响,简直就是一发加农炮嘛,大概四分之一吨那么多飞翔的粪渣,加上我爸,飞到半空 20 英尺高,一路翻着跟斗下来,在那些粪渣中间! 他还是幸运的,那些粪便对他的降落起到了缓冲作用。"

"呵呵呵呵呵。"伯甘夫人开心地大笑，肚子不住地一颤一颤。

"这不是事实，没有 20 英尺那么高，"伯甘先生冲我挤了挤眼睛声辩说。他的耳朵旁边的血已经开始凝结，发出珐琅般的釉质光彩。

"那到底有多高？"杰卡又凑过去等他爸的答案。

"嗯，大概 15 英尺吧。而且，排泄物也绝对不会多于五分之一吨，"伯甘先生的答案是，"我儿子总是喜欢夸张，"他补充说，"这就是艺术家气质。"

"的确很重要，"我说，"请您别误会，伯甘先生，可这镰刀留在您头上，实在令我紧张。"

"咳，没事的。"伯甘太太说着便抓起镰刀把手，左右一阵摇撼，好让它松动些，然后一把就从伤口处猛地抽了出来。

"伯甘先生不会得败血症吗？"我十分忧虑。

"不会，我们这里的新鲜空气包治百病，"伯甘太太答复我的担心，还做了一个可爱的握拳加油的手势，对准她丈夫的脑袋捣了一拳，"每天早上第一件事，就是给你爸一拳，鼓鼓劲，这可是个好主意。你问为什么？因为他爱捣蛋。"伯甘太太扯着她先生的头发，把他拉到院子里的水泵底下，一只手翻揉着他血迹斑斑的头发，另一只手开始抽水。

"我爸真是精力过人，"杰卡告诉我。"今年他休假的时候，还费了不少时间修理排水系统。他在屋顶上沿着边缘，四处查看，还笑呵呵地，从来没想过给自己系个绑带什么的固定在下面保证安全。我妈就站在水泥路上看着，万一他摔下来也好赶紧叫救护车。到了第十四天，我爸终于给自己绑上了安全带，也终于摔了下来。就在那里，一条腿挂在那里。我妈把我们家所有的被子全搬了出来，铺在水泥路上。我就从窗户里头递喝的给他。等我把绳子割断放他下来你知道怎么着？他一个倒栽葱，正好戳在水泥路上被子外边。"

"呵呵呵呵。"伯甘太太又是一阵开怀大笑。"刚好摔到水泥地上。不过，到黄昏的时候，他已经又在小酒馆里喝酒了。"她接着说，一边继续抽水。

"我爸还骑摩托车，"杰卡特意提高音量，好让伯甘先生也听见。"开车的朋友告诉我们说，'绝无冒犯之意，可你父亲这样遵守安全准则，早晚有一天，你们得用篮子把他给弄回家。'哈哈哈！有一天，我爸真的没有回来，我们提着篮子，出去找他。喏，就在那条路下面，我们看到一个弯道，尽是些带刺的灌木丛。忽然，我们听见传来哼哼声。走过去一看，妈，你讲！"

"呵呵呵呵"，伯甘太太手里还抓着她丈夫的头，把它摁到水泵底下。

"是我爸爸和他的摩托车，卡在荆棘丛里了！"杰卡笑得简直要喘不过气来。"他不拐弯，反倒直挺挺地对准荆棘丛里开。不管怎么说，已经是这样了，他还坐在摩托车上，双手捏着把，一点儿也动弹不得，整整两个小时。刺啦，荨麻啦，蓟啦，把他困得死死的。"

"我的鼻子上扎了根刺，还有眼皮底下也扎了一根，更要命的是，我想打喷嚏！"伯甘先生在那边把头抬起来，对我们大声回答。可他太太一把揪住他的头发，又把他摁回到了水下。

"那你们是怎么把他弄出来的?"我不禁打了个冷战。

"我带了些剪羊毛的大剪刀过去，后来又拿了园艺剪，就像我们常说的，弄了个普莱斯勒切口，花了一个小时，把他扯了出来。"

伯甘先生又把头抬起来想补充点什么，结果后脖子一下撞到了水泵的铁喷嘴上。

突然，附近的小山头那边一道闪电划过，然后从同样的方向传来了一阵爆炸声。

"十点。"杰卡告诉我。

"这些混蛋。"他母亲抬头往山上看了一眼，好脾气地说。那里，一团小小的白色的云朵正在一块林间空地上渐渐成形。山顶上一片被灰尘覆盖的松林里，出现了好几个士兵的身影，其中一个从林子里出来，来到空地上。一面旗子发出了信号，士兵拉开手榴弹的保险，将它抛到另一片空地上，然后卧倒隐蔽。又是一声爆炸，又升起一朵乳白色的云团。爆炸的冲击波一直扩散下来，到达谷底，震得榛木和向日葵上的水泥扑簌簌地掉。

"这些混蛋，"伯甘太太好脾气地说。她扯着丈夫的头发离开水泵，把伤口处的头发分开，非常小心地检查了一番。"在这新鲜的空气里，很快就会变干愈合的。"她说着，客气地招呼我进屋去。

二

厨房里挂着十几幅积满灰尘的画。伯甘太太搬了把椅子，哼哧哼哧地把椅子挪到每一幅画前，用一块湿抹布把帆布画面上厚厚的积灰擦去。气喘吁吁地从一幅画到另一幅画，用一块湿抹布把帆布上的灰擦去。明亮绚丽的画面仿佛把整个房间照得亮堂起来。

每隔5分钟，军营传来的爆炸都会使得这栋房子一阵摇晃，橱柜上所有的杯子罐子叮当作响。每拉响一个手榴弹，那张铜床的轮脚就会离开原来的位置又向外跑了一点。每次伯甘太太都会抬头看一眼那边，每次她都会好脾气地说上一句，"这些混蛋……"

此时，伯甘先生用他的镰刀尖开始指点我欣赏这些画。

"看，我们儿子画这幅《南波希米亚池塘暮色》时，特意找了双小一码的鞋子穿上。画这幅《卡尔斯泰因风景》时，他将一枚四分之一英寸长的钉子用锤子穿过鞋后跟敲进自己的脚底。画这幅《利多枚舍镇外的桦木林》时，他憋了一整天没上厕所。画这幅《普日比斯拉夫附近牧场上的马匹》时，他站在齐腰深的臭烘烘的沼泽里。为了开始画这幅《从山巅》，他还提前禁食了三天。"

伯甘先生给我说着这些的时候，他太太就把椅子挪来挪去，哼哧哼哧，到每一幅画前，用一块湿抹布，把帆布画面上厚厚的积灰擦去。每隔 5 分钟，她就会对着墙外面，爆炸的方向看上一眼，然后好脾气地说，"这些混蛋。"

教堂钟声敲响中午 12 点时，那张铜床已经滑到房间另一头去了。

伯甘先生指着最后一幅画说，"我们儿子把这幅画叫《冬日心绪》，开始画之前，他脱掉鞋子，裤脚卷起来，在一月中旬冷得人骨头疼的水流底下观察作画。"

"这些混蛋，"伯甘太太说着，从椅子上爬下来。

有那么一会儿，寂静是如此压抑。

伯甘太太把铜床推过厨房中央，移回原位。

"这些画很美，表现的感受非常深刻，"我说，"可为什么他得穿小一码的鞋子？为什么他得把钉子敲进自己的脚后跟？为什么他得光脚站在刺骨的水里？为什么？"

杰卡的眼睛死死地瞅着地板。他的脸因为尴尬红得发烧。

"你知道的，"伯甘先生回答说，"我们家的孩子没有受过任何正式训练，所以就用他觉得是深刻的体验来弥补。而且，呃，这也就是为什么我们要请你过来。我们很想知道我们儿子到底能不能去布拉格学习美术。"

"杰卡，你的这些风景画都是源于自然，对吗？"我问他。"你是怎么调出这些超棒的色彩的？你的蓝色和红色混合的方式可真了不起。喔噢，连印象派都会为这些色彩感到骄傲。你是从哪里找到这些颜色的？"

伯甘先生用他的镰刀拨开窗帘。一层细密的灰末从窗帘上洒落。

"看见没？"伯甘先生问，"看见外面的色彩了吗？挂在这个厨房里的几乎所有的画都是在这里画的。你看看，这些颜色是多么的肆意浓烈。"

伯甘先生把窗帘拉开，以便我和他一起欣赏外面的乡村风光，远处一片暗灰，仿佛一群年迈的大象。只要有任何东西在其中有任何动作，马上就会升起一长条一长条水泥的粉尘。一台拖拉机拖着一台收割机，走在一片紫花苜蓿田中，搅起阵阵乌云，就像是马车在满是尘土的马路上留下的痕迹。两三块田地之外，有一个年轻的农场工人，正把一捆一捆的黑麦装上车。

每次他弯腰抱起一捆，都会有一蓬稠密的灰雾腾起，好像他是在那儿点火呢。

"你瞧瞧这些色彩。"伯甘先生说，手里的镰刀轻轻颤动着。

山上空地里，一个步兵拉开手榴弹，使出全身的力气，将它抛了出去。铜床又开始在厨房的地面上滑行了。伯甘太太第一次没有作声。

"这些混蛋。"我说。

她拉住我的衣袖——她的一只眼皮像一块煎饼似的垂着——她对我说，用母亲般的口吻，"你不行，你绝对不可以。只有我们能这么骂他们。我们也不是在骂他们，只是出出气。这是我们的一种游戏。不管怎么说，他们是我们的士兵。在你家里应该也是这样，是不是？只有在自己的家人面前，你才能想干什么都由着性子。你可以骂你的家人，你可以命令他们去哪里。可只能是对自己的家人如此，对别人可就不行了。杰卡和我，只有我们能寻他爸爸的开心……别人可不成……你觉得呢？我们家孩子能去布拉格吗？在那里他真的能为捷克的美术做点什么吗？"

她用一双了悟一切的眼睛看着我，目光仿佛具有穿透的力量，深深地照进了我灵魂的深处。

"布拉格就好比一副产科钳，"我目光低垂回答说，"这些画，并不是什么孩子一时的涂鸦之作，它们都是已经完成的作品。就我的判断，他很有可能成为一个有名望的画家。"

"希望如此。"伯甘太太说。

这时，伯甘先生打开门，手里的镰刀朝我勾了勾。

"我们儿子还搞雕塑。你看这个，"他说，用镰刀拍了拍一个很大型的石膏像，"这是'没有骑猪的捷克勇士布沃伊'。"

"哇，真是太震撼了！多么雄美的肌肉！"我说，"杰卡，谁给你当的模特？是个举重运动员吧？重量级的？"

杰卡又开始满面通红地盯着地面。

"不是举重运动员，也不是什么重量级的……是我！"伯甘先生用镰刀指着自己回答说。

"您？"

"就是我，"伯甘先生特别高兴地重复了一遍，"我们儿子多么有想象力。听见水龙头滴水的声音，他就拿起铅笔，画出尼亚加拉大瀑布。手指头被划伤了，他马上开始计算办一个三流的葬礼需要多少钱。最小的起因，却有最大的成效。"伯甘先生冲我眨眨眼睛接着说。

"我真没弄明白，你们怎么这么在行的，伯甘先生。"

"哦，那是因为我是从佛苏拜司来的，"他说，用镰刀尖搔了搔头皮。"你看过莎士比亚的'特罗埃勒斯与克雷雪达'吗？大概 25 年前吧，我在威诺拉弟剧院这部戏剧里跑过龙套呢。第五幕里导演需要两个漂亮的裸体雕塑来装饰宫殿。我就演其中一个，全身刷上古铜色的油彩，另外一个是个女孩，也要刷成铜色。在整个第五幕里，我们只要一动不动躺在雪亮的聚光灯和舞台管理的注视底下——当然了，主要是看着那个美丽的女孩。后来，特罗埃勒斯与克雷雪达演完了，我向那位美丽的裸体雕像求婚，她答应了，再后来，我们已经在一起生活了25年。"

"那就是您的古铜雕像？"我问。

伯甘先生点头微笑。

"那个和您一起，在第五幕里躺着的？"我又问。

他依然点头微笑。

"开窗透透气吧？"伯甘太太提议道。

密密麻麻的水泥尘埃涌进来，悬浮在地毯上方。

"如果你什么时候想放松下心情，"伯甘太太说，"你可要到我们这儿来，过上比如说一整个星期。"

"那些手榴弹呢？一直都是这样吗？"我问。

"哎，没有呢，"伯甘太太说，她从柜子里取出一个吸尘器，"只有星期一到星期六，上午十点到下午三点。星期天可真没意思。太安静了，静到让人觉得喧闹得很。所以我们一整天静静地听收音机，杰卡吹他的低音大号。我们只想早早上床，因为我们知道，明天一早醒来，马上就又能听见我们的士兵的声音了。"

"你们俩真的光着身子在舞台上扮铜像？真的?"

"真的，"伯甘太太回答我，一边摇摆着身躯向她丈夫走去，把一卷一端带着个插头的电线递给他。"老爸，去把墙那里的紫苑都弄干净，我想请杰卡的朋友在家吃饭。这些混蛋……"她又好脾气地加上一句，看着窗外的山坡。那里，一朵小小的白色的云朵，正在林间空地上成形，宛如一棵正在开花的山楂树。

天使一样的眼睛

"老板在哪儿?"他问年轻的售货女孩。

她指指门回答,"老板娘在花园里,老板可能外出回来了,在烘焙室。你是谁?"

"我是保险公司代表。"他回答说。

这时几个顾客走了进来,女孩上前询问他们是否要买点什么。客人买了些蛋糕卷和面包。很快又有一批新的客人进来。女孩再次指了指门。"老板娘就在花园里,老板回来了,在烘焙室。"

保险公司代表推门走进走廊,看见一排一排闻起来甜丝丝的面包被整齐地摆放在架子上,经过窗子时,他停下了脚步,窗外就是花园,他向外一望,只见一个女人正赤着双脚在苹果树林中散步。女人恰好弯下腰去,从一堆还带着露珠的苹果中挑了一个长得最好看的，放进围裙口袋里。接着，她又拿起一个苹果，在围裙上擦擦干净。她把苹果拿在手中久久端详着，然后一口深深地咬住那甜蜜的果肉。尽管远在走廊这边，女人的牙齿深深楔入其中，清脆无比的咀嚼，极有滋味地品尝的快意，似近在耳边，清晰可闻。接下来女人似乎陷入沉思之中，她踏过树下的落叶和湿漉漉的草地，一直走到一株垂柳边；她拂开纷纷低垂的柳枝，站定了，看着一位坐在轮椅上的老人。老人全身被一块毯子裹得严严实实，正在读一本很大的书。书是固定在一个乐谱架上的。他看起来很像一只飞行姿态的鸟。女人走到乐谱架旁，翻了一页，再用一个衣夹把书重新固定好，以免被风吹跑。她拍了拍老人的头，又给他把毯子扯平整。老人这时抬起头来，极其单纯地一笑，继续读他的书。于是，她再次拨开柳枝，穿过湿漉漉的草地。她出现在窗边的时候，双脚都是红通通的。

她走进走廊，在保险公司推销员面前停了下来，神情里带着几分挑衅的味道。她细眯起眼睛看着又一个苹果，一口咬下去，仍然是极有兴致，声音清晰可闻，甜蜜的果肉被咬出一道伤口。最后，她抬起头来，一脸戏弄地打量起他。

保险推销员先介绍了自己的身份，接着说面包店老板贝拉尼克先生曾经签署过一份加入小业主联合会的申请，后来却又写信表示希望退出并要求退回已付的费用。他说自己很想知道贝拉尼克夫人对此事有何意见。

她扔掉手中的苹果蒂儿，从架子上取了个纸袋铺在窗台上，拿出一支铅笔在袋子上写了几个数字，开始算起了乘法，最后把结果全加了起来。"我的丈夫疯了。当他九十岁的时候，他可能已不在人世。但我肯定还在——就像我的父亲，"说到这里，她指指那位坐在轮椅上的老人。"即使我只活到75岁，我也从这份保险中赚了5万。"她拿起铅笔，在纸袋上刚才她写的那个结果下面画了道线，接着又指了指那扇门，耸耸肩。"可他不愿意。他总是这样，谁也不明白他脑袋里那些奇怪又固执的念头。年轻的时候，他总是半夜把我叫醒，冲我大喊，'你给我说清楚，在我之前你和谁上过床？'然后就是千方百计地逼问和折磨。现在他也还是整晚不让我睡觉。不同的是，现在是把那张申请表在我脸上挥啊挥，冲我吼，'等那个天使一样的眼睛的保险代表再来的时候，他就会知道等着他的是什么！'他一拳一拳打在床板上，打到手指关节血淋淋的……他就是这样的人。"她将纸袋连同上面的数字一把揉皱，掏出又一个苹果，在自己丰满的胸脯上擦了擦，带着巨大的享受深深地咬下去。

"您父亲读的是什么？"他问。

"滑稽专栏，"她回答说。苹果果浆的白沫在她的唇齿间熠熠发亮。"一个人像他这样动也动不了的时候还能有什么可干的？他过去整天就四处推销他那些自动穿针器。你知道我说的那种吧？你见过吗？没有？真的吗？"她看着他，一副难以置信的表情。"你绝对是骗我的。"接着便以最纯粹的，天生的街头推销员的口吻背诵起来，"母亲结束一天田间劳动，拖着疲乏的步子回到家中，还要拿起针线缝缝补补。可是她眼神昏花，双手颤抖。她试了又试，细细的线，小小的孔，怎么也穿不进。这时候，就该轮到我的自动穿针器派上用场了。女士们，先生们！在巴黎，我的这项世界闻名的最新发明可要卖到五个克朗，今天，在这里，我想让这里的每一个人都成为幸运者。今天只要仅仅两个克朗，您就能得到它，而且还会免费赠送您一大轴白线，一小轴黑线，再加上 12 根——对，可是整整一打呢——针。大家都有机会。"

这一番游说兜售时，她直直地注视着保险销售员的眼睛。他离她非常之近，近到可以嗅到她呼吸时的芬芳，苹果的白沫那湿润甜蜜的芬芳。他有一种感觉，女人看着他时的表情，和她注视那些后来被她咔嚓咔嚓咀嚼掉的苹果毫无分别。"你说你从来没听过？"

"没有，"他答道，呼出一口气，露出微笑，"我说，您的脚不觉得凉吗？这样光着脚在瓷砖上走来走去。"

"不，我总是觉得热，热得要命。"

这样说的时候，她靠了过来，凑到推销员的唇边。他能看见她漂亮的大眼睛里充满了健康诱人的性感，接下来，他只知道她给了他一个长长的吻。她的双唇冰凉，带着苹果的馥郁。突然，她听见一声开门的声音，吓得立即跳开。她的光脚在瓷砖地上发出啪嗒的声音。她停下来侧耳听了一会儿，微微一笑说，"你的眼睛可真漂亮啊。"她拎起一个大大的柳条筐，开始把一条条面包往里面装。"什么时候如果你需要我，就像我需要你一样，你知道我在哪里。"她提起沉甸甸的篮子，却丝毫不费吹灰之力，用下巴指了指走廊尽头那扇门。"他就在那里睡觉，"她说，最后用那双动人的眼睛深深地看了推销员一眼。然后，用臀部将通往商店的门推开，一个转身闪进了店里。

他站了一会儿，静静听着，又看看远处柳树下还在读滑稽专栏的老人。最后他穿过走廊，推开了那扇面包师工作间的门。

寂静无声。墙边的架子上，一条又一条面包全都一字排开，架子底下张着一只行军床，穿着他的长内衣的贝拉尼克先生就睡在上面。他趴着，一只胳膊搭在枕头上，半吊下来，看起来就像正努力要游过这个房间。一只拖鞋上面溅满星星点点已经干了的面团，扔在地板上。保险公司推销员弯下身去，摇醒这个睡着的人。他一下子坐了起来，打着呵欠，伸着懒腰，浑身的骨头都咔嗒咔嗒作响。

"您是面包师贝拉尼克先生吧？"他问。

可这位面包师已经一头倒了下去，并呼呼沉入梦乡。

推销员再次摇醒他并问，"是您给我们写的那封信吗？开头就是'亲爱的无耻的混蛋'？"

听到这里面包师立刻跳了起来，身子猛地摇晃了一下，把推销员转到灯底下，用那双巨人般硕大无比的手抓住推销员的脑袋，直直地死盯着他的眼睛，好像打算用热烈的亲吻令他窒息而死。他咆哮着说，"不是那个家伙！那个长着天使一样的眼睛的下流胚在哪？"

"什么？"惊愕万分的推销员问，手指抚弄着自己的衣领。

"噢，我的上帝！"贝拉尼克先生嘴里大叫着，还穿着他的长内衣在房间里蹦来蹦去。"想想我是什么样的人，随便哪个卖保险的，只要走进我这里，都会被我踢出去，这就是我的原则，你想想，我居然被那个下流的骗子骗得签了字！我把准备用来投资山毛榉的钱全部交了保险。"为了证明这一点，他给自己的前额狠狠地来了一拳，以至于眼冒金星了。"全都是因为他那双婴儿才有的蓝色眼睛！你知不知道那个狗杂种是怎么跟我说的？他问我想不想等老了的时候额外得到一套乡下或城里的房子？他问我想不想去海边或山里度假，整整一个月而且不用再掏一克朗？我呢，也是脑袋抽了风，告诉他那就算我一个，我要乡下的房子，我要去山里度假！"说完，又是自残式地对着前额一个猛击，这次更惨，他直接仰面倒在了行军床上。"我一整天都乐不可支，腾云驾雾似的，直到晚上我打开我新的乡下房子的门，从望远镜里看对面的山……那天晚上我读了全部密密麻麻的细则，等我终于看完，当时我就崩溃了。"他手指着他的小床说。接着，他一下子弹了起来，一把揪住推销员的袖子，把他拖到墙边，用他已经开裂了的指甲拍打起墙壁。石灰上潦草地写着些加减数字。"你们骗我！"他咆哮起来，用指甲在那些数字底下画出痕迹。"我要把这些都塞到你们的喉咙里去！我不得不付5万元的费用，替还没出生时的我买保险！为什么？那个天使眼睛的骗子，写这些条款的骗子，压根就没告诉我！"他死命地扭着自己的双手。

突然，他两眼发光在屋子里四处乱看。"你知不知道要是那个家伙带着他的蓝眼睛再来我会怎么办？"可是，拿什么呢——擀面杖？不行，木棍？不行，火钳也不行——都不足以让他兴奋，直到眼光落到了面包师用的铁锹上，他似乎才找到几分感觉。

他从墙角抓起一把，从房间一头跑到另一头，将铁锹水平举起，小心翼翼地稳住，接着一个箭步跃向炉壁，把手里的铁锹用全身的力气朝那边砸过去。冲力之大把他自己都掀倒了，可是他十分得意。"我就是要这样把它塞进他的喉咙里去……我就是要这样把他拧成一团麻绳。"他边说边演示他将如何把那个推销员彻底毁灭。他打起精神，又在地上趴了好一会儿，才得以完成他的形象。"我可能会去坐牢，不过他就直接去停尸房了。"说完他直挺挺地站起来，然后双手捧着脑袋一屁股坐在了小床上。

这位小业主联合会的代表抹了抹眉毛上的汗，"好吧，就这么定了！"他愤慨万分地大声说。"这就是为什么今天联合会要派我过来，你知道的。把你的申请表给我看看，贝拉尼克先生。我想知道到底是谁让您签字的。"

面包师捡起他的枕头，从里面掏出一个塞得鼓鼓囊囊的袋子，里面全是各种各样的文件。他翻出申请表，把它递给这位代表。

代表打开叠着的文件。"啊哈！现在我全明白了！是克拉霍里克！贝拉尼克先生，请把您的手交给我。来吧……对，就是这样。现在，作为一名公务员，我愿意向您保证，您会如愿以偿的。我们的克拉霍里克先生不仅马上就要丢了饭碗，还要去见公诉检察官呢。他怎么能做出这样的事情？"代表一副震怒的样子，又接着补充道，"我敢打赌，克拉霍里克绝对没有跟您提过奖励的事——国家会支付给所有小业主的养老金。他也没有告诉您乡村或地区奖励，对不对？"

"噢，没有，他没提过……"面包师喃喃地说。

"这儿，您看！"他摇着贝拉尼克先生的手说，"那他肯定也没告诉过您我们伟大的总统伯纳斯对他的小业主们有多么关心，他将亲自过问以确保从新兴的国有化工业收入中必须有一定比例的专门拨款作为你们的养老金。这意味着什么——我们来看看，现在是 1947 年——十年后，你们的养老金将会翻一番……他怎么能连这都不告诉您？"

"可他一个字也没提过。"面包师的嗓音有些沙哑。

"那么，简单地说吧，这就是您的问题的关键！我可以起誓，这就是我们为什么要进行保险改革！为什么成千上万的人都支持保险改革？今天的年轻人就应该为上一辈的小业主们养老。贝拉尼克先生，我会去社会保障部为您处理这事，所有的一切先放到一边，给您时间好好考虑，而且，您不用为此支付任何费用。就这么简单。"说着他掏出一枚印章，极其郑重其事地在印台上摁了摁。在"亲爱的无耻的混蛋"旁边空白处，盖上"我的投诉已被妥善处理"。

他递给面包师一支铅笔，非常权威地指给他要签名的地方。

接着他仔细地叠好那封信，宣布："您会收到我们中心办公室寄给您的详细信息。您知道的，贝拉尼克先生，一旦我们把您的名字从登记簿上划掉，就没戏了。即使您去找我们，去求我们，也不可能再加上去了。不是我们不愿意，是程序不允许的。您要想重新加入，唯一的办法就是从部长那里搞到特许了。"最后，他探头往一只篮子里看了看，总结道："嗬，面包卷看着味道不错呀！"

"请把你的手提袋打开。"面包师说着把面包卷往包里塞，直到塞不下为止。

他们互相道别的时候，彼此都注视着对方的眼睛久久没有移开目光。

在走廊里，保险代表长长地吁了一口气，把他的手提袋搁在窗台上，双手撑着靠在上面。

他向窗外花园里的苹果望去，一个个苹果晨露莹莹，现在被堆放在稻草上。面包师的妻子走过湿漉漉的草地毫不停留，拂开低垂的柳枝。她把乐谱架上的滑稽专栏又翻到下一页，用衣夹夹紧以免被风吹散。

面包师的房间里，是谁发出了一声呻吟。

保险推销员踮起脚尖，轻轻走回那扇门前。他把门悄悄推开一道极狭窄的缝，看见贝拉尼克先生坐在小床上，揪着自己的胡子，不住地摇头。只见他突然跳了起来，从墙角抄起另一把铁锹，嘴里激动地大叫，"那个家伙也是一样的眼睛！"他紧跑几步，把手里的铁锹摔向对面的墙，砸了个稀巴烂。

保险推销员迅速跑进前面的面包店，还没来得及关上门，就听见贝拉尼克先生的怒吼在走廊里回荡，"这次我要亲自去布拉格，带着我的马鞭去！"

贝拉尼克先生两边看了看，确定没有电车开过来，才一脚跨上马路，去看那栋建筑上标着的数字。"就是这里。"他满意极了，走了进去。墙上挂着一个牌匾，上面画了个箭头写着

"小业主保险公司——六楼"电梯间门上又是一个标识，写着"故障"。

贝拉尼克先生倒是喜不自禁。"他们知道我要来，想先把我累垮了。二十层楼梯我都能轻松飞上去，还有的是力气把他们全撕个粉碎！"他飞奔上楼，一步两级台阶。

到四楼的时候，他停下脚步。有两个老人坐在台阶上用手帕擦着额头上的汗。他们是彻头彻尾一丁点儿力气都没有了。

"小业主？"面包师问。

他们点点头，其中一个问，"你怎么看出来的？"

"一看就是饱受折磨的脸，"贝拉尼克先生说，"告诉你们啊，待会儿等你们上来的时候，你们会听见大动静，那就是我，今天可要好好灭灭他们的威风。"说完举起他的拐杖，仿佛在恫吓将要遇到的敌人，又开始极其敏捷地向楼上冲去，一步两级台阶。

他冲进办公室，手摸着胡子，命令道，"你们的主任呢？"

办公室里有个年轻人正忙着切一根血肠，现在他打开桌子的一个抽屉，把所有切好的血肠片一股脑儿全扒拉进去。接着又开始仔细地剥洋葱，最后他眯着眼睛说，"我马上就会告诉您的，是有什么问题？"

"我辛辛苦苦积攒下所有的钱，准备拿去买山毛榉，你们保险公司的人给我全骗走了。"为了证明自己的说法，他举起拐杖在桌子上砰砰一顿乱敲。

　　完全被眼泪糊住了眼睛的年轻办事员伸出双手，在桌子上到处胡乱摸着。"您差点儿打翻了我的胡椒瓶。"他用手指将洋葱片也扫进了抽屉，然后细细地给那些血肠片撒上胡椒粉，接着弯下身去，消失在桌子底下。等他再次出现时，手里拿着一瓶醋。他动作非常细致轻巧地撒了几滴醋在抽屉里。

　　"难道不会漏掉吗？"贝拉尼克先生问。

　　"才不会，"办事员微笑着回答他。"桌子底是马口铁包的。"他一边用力地摇晃着抽屉，一边解释，"这样就能充分搅和匀了。现在您想要什么？"

　　"我要见主任。"贝拉尼克先生说。

　　"马上，"年轻人说。他打开一个便携小刀，给自己切下一片血肠，带着极大的满足咀嚼起来，"放香肠的这个抽屉，我给它贴了个标签，'肉禽制品'。"他嘴巴塞得鼓鼓地，指着其中的一个抽屉。"这个贴着'娱乐设备'的，里面是我的书和口琴。还有这边的这个抽屉，上面贴着'垃圾废品'，全部是官方文件。这样分类不错吧？但偏要你这些。"他站起身来说。

　　"我是来见主任的。"贝拉尼克先生回答，把手里的拐杖放到角落里。

　　办事员走到一扇被包了软垫的门里面，当他再回来时，他用他的小刀的刀尖，戳了一片血肠，用它指了指那扇包了软垫的门的方向说，"在等着您呢。"

这间办公室里面，有一张桌子，半遮半掩在一棵非常高大茂盛的棕榈树后面。桌子旁坐着一个重量级的男子，一脸不能掩饰的踌躇满志和自得，似乎他一直就在期待贝拉尼克先生的大驾光临。他请他坐下以示欢迎，"请进，请进，请坐下，不要客气。"但贝拉尼克先生拒绝了他的好意。

"怎么了？"主任心情愉悦地问，"您是来给我们挑错的吧？您生气了？我们是哪里得罪了您？尽管告诉我。"

面包师用一只眼睛瞟着罩在主任头上宛如一把巨伞的棕榈树的叶子，把整个事情讲了一遍。那个英俊好看的年轻人是怎么用他那双蓝眼睛给他灌了迷魂汤，他是怎么脑袋一昏就在申请表上签了名，后来他又是怎么仔细看了封底用小号字体写的全部条款，然后写了那封开头为"亲爱的无耻的混蛋，狗娘养的杀人犯"的信，再后来怎么又来了个他们的人，也是一模一样的天使一样的眼睛，怎么劝服他不要取消保险，所以他在"投诉已被妥善处理"的声明上签了字……"可是，现在我的投诉没有解决！我要拿回我的钱，我要钱去买山毛榉！"

主任笑容不改，他点点头，"就这些？那我们就把您的名字从名单上划去。不管怎么讲，小业主养老金完全是自愿参加的。"他站起来，转过身子，用大拇指拨弄着桌上那些文件夹，脸上带着几分轻蔑的意味。他坐下来，非常严肃地说，"亲爱的贝拉尼克先生，您不信任我们，尽管我们非常非常地难过，但也是无能为力了。我们将把您从我们的名单上删除。然而，根据我们的规定，我们有义务告知您，您这样做是放弃了一个多么好的机会……因为——上帝保佑不要发生——如果您遇到这样的情况能怎么办？"他又站了起来，指着一面墙说。那面墙上满满地挂着巨幅的相片框。"请过来，看一看吧。"主任用手指轻轻拍着一张一个街头手风琴艺人牵着一只猴子在街上乞讨的照片。贝拉尼克先生一看就面色变得煞白。主任又引着他去看旁边的那张，一群可怜兮兮的龙钟老人在一个破烂不堪的房子前的长凳上坐着。等这张照片的内容已经被充分消化后，主任接着说，"贝拉尼克先生，当您这双宝贵的双手再也干不动活儿的时候，谁还会给您什么？您有没有考虑过这些？您是一个男人，对不对？"

面包师低声回答，"我在战争中受过伤。"

"现在，您明白了吗？"主任回答说，"您四周看一看，在我们办公室的墙上，您注意到了什么？您看看。烧得什么也不剩了的产业的照片，暴风雨毁掉的产业的照片。以您现在的年纪，要想白手起家一切从头再来，几乎是不可能的，不要骗自己了。现在您过来，好好看看这个玻璃陈列柜。都是些从各种报纸上剪下来的，还有……他们怎么应付得了？事故、谋杀、自杀，还有破产，都是悲剧的结果。您现在看的是什么？"他问："请大声念出来。"

贝拉尼克先生哑着嗓子念道，"'铁匠的遗孀投化粪池自尽'。"

"旁边那个呢?"

"'小店主用镰刀割喉'。"

"够了，够了，"主任的声音从房间另一头那个大文件柜那里传来。"像这样的，我们这里有几千张，"他弯起一根手指头，在桌子上叩叩，示意贝拉尼克先生过去。"过来，您自己瞧。如果他们能像您一样有养老金，相信我，他们就可以避免这所有的悲剧，所有的惨事。可是，如果没有这个钱，您就没有多少路可以走。就只剩下您刚才看见的这些照片，这些新闻了。现在，您真的想收回您的申请表吗?"

主任从一个文件夹里拿出那张上面写着"贝拉尼克·埃卢瓦西"的申请表，纸在他保养得很好的手中，两个手指头轻轻拈着。他注视着面包师的双眼，等着他的示意。"要我撕了它吗?"

他又重复了一遍。

贝拉尼克先生沿着墙一溜儿看过去。刚才他看见的那些破房子门口的老人，那个烧得精光只剩下一个指示牌竖在门外的小商店，此刻正从照片里瞪着他。他又往玻璃陈列柜的那个方向望去，看见那些触目惊心的新闻标题。他摇摇脑袋，近乎耳语地喃喃道，"不，不要。现在我明白了，小业主需要保险，就跟工厂里的，办公室里的人一样……每个人都……"

主任把那张表放回到卷宗里，在他的棕榈树叶底下重新又坐好，合上双手。"所以才需要我们。为了您，绝对是为了您。有的时候，人就是需要得到拯救，哪怕是违背他们的意愿的。贝拉尼克先生，非常高兴和您交谈。"然后，他伸出潮湿的手指尖给贝拉尼克先生握。

当贝拉尼克先生从主任办公室里走出来，他在楼梯上遇到的那两个人已经在软包门前等着了。他们急切地看着他。那个年轻的办事员也抬起头来注意地看了贝拉尼克先生的脸一眼。贝拉尼克先生勉强走到一把椅子前坐了下来。他脸色白得吓人，仿佛刚刚从悬崖上跌落下来。他的胡子颓然耷拉着，胳膊无力地垂在两个膝盖之间，几乎都要触到地上了。

"嗯，你有没有把他揍得满地找牙？"其中一个人问。可是面包师一言不发，默默站起来，走到角落捡起他的拐杖，把全身的重量都靠在这根拐杖上，缓缓地走了出去。

下了两层楼梯的时候，他坐下来休息，楼梯扶手是新艺术风格的，上面精雕细琢着百合花。他就将头靠着花上。这时，有人跑进这座楼，在楼梯上一路飞奔上来，一步两级台阶。那人快步经过面包师的身边，嘴里大声嚷着，"看我怎么教训他们！我会让他们很长一段时间都记得我的！"从上一层楼的楼梯上，他俯身朝下面喊道，"很长，很长一段时间！"他继续向上跑去。他的脚步声，在楼梯上激起的震动，越来越弱，越来越远，直到最后，保险公司办公室的门在他身后砰的一声被关上，一切也全都消失了。

贝拉尼克先生从楼里出来，走进广场。广场上最令人瞩目的是一个教堂，教堂旁边有一个喷泉。喷泉的中心是一个雕塑。一群鱼儿彼此纠缠嬉戏，每只鱼嘴里都有水流喷涌而出。贝拉尼克先生起初站在那里看着水流汩汩冒着泡儿，他将双手在水中浸湿，把水拍在两边的太阳穴上，接着他把拐杖放在一边，双手兜成杯状，去接喷泉里落下的清凉水滴，泼到自己脸上。最后他趴在喷泉边缘，任水柱溅落在他的后脖子上。人们都停下来观望，不到十五分钟，一个警察过来了，摇摇他，问道，"你在干什么？"这时，他看见了贝拉尼克先生的脸，又补上一句，"我说，你还好吧？"贝拉尼克先生一只拳头砸在另一只手摊开的手心，嘴里吼了出来，"他们全都长着天使一样的眼睛！"然后重又把头低到了那冰凉的水流之中。

乏味的午后

　　正午刚过，一个年轻人——不，应该说更像是个孩子——走进了我们这儿的酒吧。谁都不知道他是谁，从哪里来。无论如何，他已经坐了下来，就在空气压缩机下边的那张桌子旁。他叫了三盒香烟一杯啤酒，然后打开了他随身带来的这本书，从那个时候开始，他所做的不过就是看书、喝酒和抽烟。他的几个手指全都熏得黄黄的，可能是每次都把烟抽到烫手的缘故吧。他不时在台布上摸索着找烟，摸到了便就着之前那根烟屁股点燃，喷出一口烟雾。可他从来不曾将目光从他的书上移开哪怕一秒。

　　有好一会儿并没有人注意到他，因为马上有一场足球赛，这里挤满了人，都是赛前来酒吧的常客，一个个都精心修饰过，巴不得马上就去——为无论是哪个队加油鼓劲。他们全都士气高昂得很，总不忘记扯扯衣服的后背，就好像外套不合身似的，胸脯挺得老高，双手插在裤兜里，显出很有派头的样子。他们站在柜台前，将杯中剩下的啤酒一口饮尽，热烈地争论他们的球队今天将以4比1还是5比1拿下对手。

然后，他们如潮水般涌了出去，那大声说笑，精神抖擞的劲头儿，你在三个街区之外都能明白他们这是要去看比赛呢。当他们走到街角的电影院那儿，会齐齐转过身来，冲着这边的玻璃门大力挥手。而这边呢，也必定会有两个脑袋冲他们频频点头回应。其中一个脑袋是老居帕的，他两次因看比赛导致中风，此后他的医生已明令禁止他去看台。还有一个——那个脑袋属于酒吧老板，他不能去是因为要经营酒吧。那帮球迷们举着手，比比画画，激动万分。但这次，他们走到了一张海报底下，上面写着"没有葬礼在周日举行"，这是我们当地电影院眼下最热门的电影。可如果你坐在我们喝酒的地方，从玻璃门看出去，那么你看到的就是"葬礼在周日举行"，因为拐角那儿有建筑朝街道的方向突出来了一点，正好遮住了"没有"。他们这群人真是快活啊——无论是谁都看出他们一副必胜的神情。很快，他们就变成了我们这长长的街道尽头的几个小点。

他们错过了街车——车从他们身边隆隆开过，三节车厢变成了三道红色的条纹。所以他们再次转过身来，再次挥手……穿过马路……走到街心中间的安全岛……

　　三点钟的时候，酒吧老板摁下一个按钮，墙上空气压缩机的马达，就在那个孩子头上——他还在看个没完没了——开始转起来，一个红色的灯亮了。酒吧老板故意从一个他能够到的最高的地方摔下一个已经有了裂缝的啤酒杯，尽管杯子落到地上的动静堪比一枚炮弹的威力，可那个家伙仍然手不释卷，脸上甚至还挂着一丝微笑。酒吧老板在这个孩子的眼前挥舞双手，也无法使他的目光从书上挪开，他至多不过是露齿一笑。"他既听不见，也看不见，他的第二盒香烟已经抽了一半了，我要给他端第五杯啤酒了。我真想知道他什么时候会移驾去厕所？这些年轻人会变成什么样子？"

　　老头居帕坐在另外一面墙那里，因而正好面对着这个孩子。他做了个绝望的手势，又摇摇头，意思是："说这些还有什么用呢？"

　　这时，从门外走进来一个人，也是之前谁都没见过的。那是个稍稍有点驼背，头发灰白的小个子，手里还拎着一罐子酸泡菜。星期天的下午拎一罐子酸泡菜！他叫了一杯啤酒，把那个罐子就放在自己面前——这样他就不会忘记啦，我猜是这样的。他搓了搓手，然后看着门外的大街。

　　居帕再也忍不住了，说："这些年轻人到底会变成什么样子？我啊，就是奇怪，这个小矮子到底看的什么书？我打赌肯定是色情小说，要不然就是什么恐怖小说。绝对是——一个肮脏下流的侦探小说。游手好闲的无赖！别人都去看球赛，这位阁下却稳坐这里看书。多令人讨厌！"

总而言之，他的外貌绝对不难看。他穿着那种只有母亲或是女朋友才会织的毛衣，沉甸甸的，称起来保准有 25 磅重。他的脖子上一条红色的丝质领巾打了一个非常精致的结，风格颇似砖瓦匠或是乡村音乐家，那个结只有豆豆软糖那么大！而他的脑袋就俯在书上，一头亮闪闪的黑发就更有了一种夺目惊人的效果，仿佛才从机用润滑油中泡了个够才捞起来的。

酒吧老板蹲下身子，从下往上仔细端详男孩的脸。等他终于看了个够，站起身来说，"这是不是活见鬼了，这家伙居然在哭！"他指着正打落在书页上的泪水——滴，答，滴——好像龙头没关好滴下来的啤酒。

所以啦，这当然惹得老居帕简直怒不可遏了。"该死的混蛋！难怪我们都没有什么好球员了！壮得像头牛，啪嗒啪嗒掉起眼泪来就像个奶娃！恶心透顶！"说着他极用力地朝地上啐了一口。

那个带着酸泡菜罐子进来的小个子摊开双手说："究其根源，还是现在的年轻人没有偶像。我在他这个年纪，成天都泡在球场上。默茨，大名鼎鼎的中前锋，有一次摔得很重，由有史以来最优秀的中前锋卡勒尔·科则勒替他上场。我们的教练约翰尼·迪克对我说，'你去左边踢内线。'所以虽然我一直都是踢右翼的，我却开始踢左内锋了。但有一次，约翰尼·迪克在场外冲我又是挥手又是叫喊：'你的运气来了。我们的右翼下场了。'我终于得到机会又踢回我的右翼了。"

小个子抬头看着老头居帕，居帕在这方面可是大伙儿都承认的专家，居帕开口了："那你肯定也认识和库欣卡一起踢后场的吉米吧。"

"我当然认识他。但吉米是他的名字，也许你还记得他的姓？"

突然，酒吧里静得要命，如果有根针掉在地上你绝对能听见。老居帕僵在那里。小个子男人咧着嘴笑了一下，又接着开始讲起来。"怎么说呢，你们怎么可能知道呢？他的全名是吉米·奥特韦，是一个英国人，能力超强。"

"那康豪森呢？"居帕沉着脸，突然厉声发问。

不料小个子应对自如，带着一股子毋庸置疑的神情，由此他对我们老居帕的态度也一目了然。"你怎么会想到康豪森？他24年后才开始和我们一起踢球！"

这时，那孩子已经在摸他的下一根烟了。他用烟屁股点燃了烟，黄色的手指甩了好几下——一定又烧到手指头了——可他就是眼睛不离开书。此刻，他竟然大笑起来，像头鬣狗那样大笑，一直笑到自己都没有力气了。

老居帕气得跳了起来，把他的拳头重重地砸在桌子上那个孩子看着的书旁，气得吼道："怎么回事？你这个脏小鬼，就是你！从来就没有人敢笑我！"然后回到了自己的座位上。

那个男孩完全沉浸在他所看的书里，看得出了一身汗，所以他抹了抹额头的汗，松开脖子上的丝巾，把毛衣的袖子卷了上去。这本书实在是令他太着迷了，他突然一阵抑制不住的兴奋，拳头用力打在桌子上——非常用力，桌上所有的东西都跳了一跳。

"这里可不止你一个人，小矮子，"酒吧老板冲他的耳朵大声叫道，"可别在我们面前来这套把戏。"

不管怎样，那个年轻人——他依旧在那里读啊，依旧是咯咯笑个不停——伸出手去摸他的酒杯，他从老板手中拿过杯子，喝了一大口，而眼睛居然丝毫没有离开过书页。

"啤酒六杯，香烟二十一支，"老板一脸嫌恶地说，"他们这些年轻人到底要干什么，我告诉你们吧。我的上帝啊，假如他是我的儿子，我就要把烟从他嘴里扯出来，哪怕把他的整个下巴都扯掉，"他嘴里说着，还一边在自己脸上比画着要怎么把那个孩子的脸撕成两半。"不过如果我要给他一个教训，这个自作聪明的家伙肯定会把警察招来的。"

说到这里，为了强调自己的说法，他重重地拍了下压缩机的开关。红灯熄了。

　　此时老居帕已经恢复了镇定，他扭过头去对那个小个子说：
"那些对足球还有点了解的人说只有比坎在他的职业生涯的巅峰
时期才够资格在韦尔瓦俱乐部踢球。"

　　小个子把他的泡菜罐子推到桌子中间说，"噢，那是胡扯！
比坎根本就不具备一个中前锋必需的创造力。唯一一个够去韦
尔瓦的就是卡雷尔·科兹鲁。科兹鲁很擅长团队合作。你知道
为什么？因为他就是从左翼踢到我踢的右翼。这就是为什么。"
说完他把罐子又拖回到桌子边缘，从罐子里用手指尖夹了几片
泡菜，把那些软塌干瘪的细叶子一直举到比自己的头还高，张
开嘴巴，扔了进去。他一边咔嚓咔嚓嚼起来，一边请老居帕也
来点儿："请自取吧。对你有好处的。"不过他的一番好意得到
的是对方一脸的拒绝，"什么都行，除了泡菜。我可咽不下去。"
老头居帕看起来好像变小了好多，也可怜了好多。

　　与此同时，那个孩子——他的眼睛就像是被用胶水黏在书
上似的——站了起来。在此之前，完全没有人会想到他有这么
高。而且，看到他拿着他的书的那个样子，你会觉得他这一辈
子，除了像这样拿着他的书之外，压根就没干过别的事儿。他
像一位伯爵似的把椅子往后面一推，然后就这一样一动不动地
站在房间中间。他正在看的这本书里一定是有什么魔法叫他欲
罢不能。接着他朝房间另一头的那扇门走去，那扇门上用油漆
写着"卫生间在此处"，他打开门，如同他之前已经这么做过一

千次似的，消失在我们的老俱乐部聚会室里。（聚会室里过去有一个玻璃陈列柜，陈列着我们获得的锦旗和奖杯，那时候，在布拉格我们这一片，还能看到精彩的足球比赛，可现在这个房间就是用来存放啤酒箱子和各种无酒精饮料的地方了。）

不管怎么说，酒吧老板指着那扇合上了的门，刚来得及评论了一句"真是个怪人"，就听见突如其来一声巨响，先是瓶子撞击的声音，接着是玻璃细碎的丁零声。他一把把门拉开好让大家都看见。他们看见那个年轻人在一片空瓶子的汪洋里举步维艰，而且——即便如此——他的书还牢牢地长在他的脸的前方。终于，他走到了另一扇门口。他伸手去摸门把手，转动，进了男卫生间。

酒吧老板蹑手蹑脚地凑到门口，推开一条缝，往里面窥探。接着他又把门关上了，穿过俱乐部聚会室，回到了大房间。他哀恸地说，"多么可怕！给你们描绘下——他站在那里撒尿，另一只手拿着他的书——还在看！而且，那支香烟还吊在他的下嘴唇上呢。从来没有，我从来就没有见过这样的事。我在这里给客人倒酒有三十年了，从来就没见过这样的。也许是我的错，我不知道，"他连连摇头，"这一代人，将是我们的坟墓。"

居帕一脸怀疑地问那个小个子有没有踢过国际比赛。"这还用说嘛，"他回答说。"老兄，在一次斯德哥尔摩的比赛中我遭遇过厄运。我得到了一个漂亮的传球，瞧！我闭上眼睛正准备助攻。可那个瑞典中前卫伸脚一绊，这就是我记得的最后一幕了。后来，在医院里，库欣卡告诉我，他曾经三次听见过骨折的声音，差点儿就去天堂了。我的腿倒没断，只是膝盖骨被扯掉了。你们是没看见当时肿得多厉害。幸运的是，我们布拉格有一位真正的专家——我们自己的专家，约翰·马登。"

这时，那个年轻人回来了，继续一边看书，一边抽烟，吐出的烟在空中形成一个个高音谱号。他倚靠在门侧柱上，一只脚脚尖点在地上，脚后跟绷直，一上一下。过了一会儿，他开始往自己的座位上走，可当他走到房间中间时，他停住脚步，皱起眉头，好像是读到了什么令他惊骇的东西。接着，他摇头，大如冰雹的眼泪开始直往下掉。其中一些打在了老头居帕的手背上，居帕一下子跳起来大声嚷道："别冲着我哭哭啼啼！"不管怎么说，等那个孩子终于回到了他自己的桌边，他已近乎崩溃，倒在椅子里。

老居帕暴跳如雷。"有谁听说过这样的事？膝盖专家约翰·马登？约翰·马登是位教练！"他抬起头来看着酒吧老板。老板开始笑起来。

而那位来客，正打算将另一片泡菜投入口中，突然脑袋朝前一伸，把那片泡菜又扔回到了罐子里，他说道："如果你连约翰·马登在治疗踝关节扭伤方面创造过多少奇迹都不知道，你就算不得是个内行。知道吗？所有的芭蕾舞女演员都常常去找他。那次他们送我去的时候，就有一位芭蕾舞女演员在他那里。'别担心。我们会让您很快康复的。'他一边给那位舞蹈演员按摩，一边对我说。约翰·马登……当然他也是位非常了不起的教练啦……"他重新又拈起那片泡菜，头往后一仰，投入口中。

老居帕可是名声在外的足球专家，他一肚子不高兴，自怜自艾地摩挲着自己光秃秃的脑袋，念念叨叨："不可能，不可能的。"从他一开始和那个小个子聊天，身量似乎就矮了一截。他的脖子好像不见了，脑袋就直接坐在他的肩膀上。

酒吧老板拍亮控制板上的按钮，试图挽回气氛。红色的灯亮了，压缩机又开始了低闷的轰隆轰隆。"有的时候，我真是搞不明白，"他说，"这些小混蛋们到底是从哪儿弄来的钱。我们这么大的时候，如果你能买得起几杯啤酒，就可算是大富豪了！"

"别管他了，"老居帕打断了他，"他迟早是要进感化学校的。你们看看他这德性，下午四点，这场比赛如果输了，我们的球队就保不住第一了，而我们这位尊贵的朋友，所做的不过就是坐在这里，烟不断火儿，酒不空杯子。除了监狱，他最后还能去哪儿？搞不好还会去谋杀一位香烟店女士呢？"

"嘿！伙计！"那个孩子大声招呼了一句。不过，请不要以为他从他的书上抬起了头。不，不，他的动作并不指向任何人，除了他自己，他打了个响指，表示准备付账了。

"看见没？听见没？我已经什么都不想说了。如果让考门斯基看见这样的情景……"他摇晃着脑袋算起酒账。"17 克朗。"

年轻人从口袋里掏出满满一把钞票，和那个小个子从罐子里夹酸泡菜的手法如出一辙。他从中挑出两张 10 克朗，把它们远远地放在桌子的另一头，仿佛钢琴家伸出手去够那最远端的低音区。然后他做了个"不用找零，小费收好"的手势，把剩下的钞票像塞一块手帕似的重又塞回口袋里。可酒吧老板在他的书旁放下了一张 3 克朗，对他说："零钱你收好。我可不想和囚犯打交道。"

他们看着那个男孩，他将香烟摁熄在烟灰缸里，动作仔细得如同在摁门铃。接着他伸出手在台布上又摸到了一根烟，叼在嘴里，掏出他的火柴，取出一根一划，点燃了那张 3 克朗的钞票，然后用它去点烟——自始至终不曾从书上抬起过眼睛。他吸了一口，在空中摇摇手中那张燃着火苗的钞票，等到已经开始烧到手指的时候，把这张已经扭曲且黑乎乎的钞票扔进了烟灰缸里。它就像一张碳纸躺在那里。接着他用大拇指和食指支着额头，看起来真像一座纪念碑，不可能有谁比他更像了。

老板吐了口唾沫，弯下身子，嘴里低声说，"现在没有啥是不能干的啦。过去的人，为了接住一片被风吹跑的羽毛，都愿意不辞辛劳，现在呢，这个少年犯都干了些什么？他竟然用钱去点他的烟！而且，你可以肯定这钱绝对不是他自己挣来的。

你觉得他多大？21岁？等他长到30岁又会是个什么样子？嗨！他准会一把火把这里整个都点了。"

这时，老居帕冷不丁又开始挑起了话头："那弗利兰蒂塞克·斯沃博达呢？"

灰白头发的小个子一副屈尊俯就的傲慢样子，已经无以复加。"你是说弗兰奇？那可是一个了不起的传球手，简直像部坦克。可他还是和科兹鲁没法比。弗兰奇传球给扎摩拉那架势——嘿，就是到了今天，扎摩拉梦见一颗'炸弹'朝他扔过来，也会吓得从床上跳起来。问题是，弗兰奇喜欢挑起战斗。只要你曾经看过足球比赛，那你绝对不会忘记那场他和匈牙利人的比赛……那是费伦茨瓦罗斯足球俱乐部。图瑞，那个以凶残闻名的家伙，还有托尔迪，那个225磅重的巨人，都在发疯似的狂奔。深入敌军左冲右突的——就是我们的'坦克'斯沃博达。可要是说到团队合作，谁都比不上科兹鲁。为什么？因为他踢右翼，我踢左翼。你能明白吗？"

老居帕，原本比那个小个子年轻不了几岁，此刻又缩小了许多，头已经和面前的酒杯一般高了，他能做的只是放下些小费，他不过是做个做生意的。

太阳当头照下来，右手边的街道完全沉浸在淡蓝色的阴影之中，而左手边房子的屋顶却似乎快承受不了阳光的重压。那张"葬礼在周日举行"的海报——充满诱惑，用现在的话来说——颜色浓艳得像着了火，如同几百面小镜子一起折射着阳光的刺眼。街道的尽头，你恰好可以透过有轨电车看见——电车上的人寥寥无几——永远有人流在涌动，时时变幻做不同的形状和大小的人流，永远有婴儿推车点缀其间。那个孩子从压缩机马达底下站起身来，从街上照进来的阳光给他的脸涂上一条条明暗阴影。他的眼睛依然胶着在书上。他从挂钩上取下外套，一只胳膊套进袖子，便以这样看起来颇为滑稽的姿态站在那里—— 一只胳膊在里，一只胳膊在外——就像一个稻草人竖在白菜地里头，却仍在埋头看书。

那个小个子数了数自己的钞票，把钱放在他的酒杯旁，提起泡菜罐子。老居帕猛地站起来，抓住罐子，像抓住了救命稻草一样，嘴里还大声说："你是想告诉我咱们的足球糟透了？"他一边大叫一边用力地摇撼着那个罐子。

但那个小个子，正站在他对面，也紧紧攥住罐子，和老居帕一起用力摇着——他的力气太大了，几乎要把居帕的胳膊拉脱下来。"别他妈废话了，行不行？"有一天我连续两次转身射门，你还没明白是怎么回事呢，就听见全队都在冲我叫："好好踢。否则你星期天就死定了！"就说博罗维奇卡吧，他技术全面，该会的全都会，可团队合作完全不行。还有库塞拉，球踢得好，可总是霸着全场。不，就我所知——我可以拿一摞《圣经》起誓——从古至今最好的球员……所有的时代最好的球员就是卡雷尔·科兹鲁。你知道为什么吗？因为他踢左翼我踢右翼。"说完从快快不乐的居帕手中一把夺过了泡菜罐子。

他看了看外面的街道。在电影院门口即将上映的电影海报那边，站着一个身材匀称丰满的女子，嘴里吮吸着硬糖，正在看海报。"真正的女人！"小个人大声宣布，眼睛盯着都出了神。"上帝！这女人！看，这才是真正的女人呢！你知道她需要的是什么。当然了，如今再也没有真正的男人，可以给她她想要的了。甚至都没有男人能理解这样的女人了。真正的女人！"他不住地摇头，越想越觉得那个女人就是他刚才所说的那样。突然间她一手袋打着圈儿，嘴里吮着糖，竟然笔直朝我们这边走了过来。快要走到酒吧玻璃门前的时候——门里面其实还稍暗一些——她再次转身，腰背处美妙无比的曲线在我们面前一览无遗，然后走了过去。"那个女人就是我的梦中情人。"小个子说，他将泡菜罐子夹在胳膊底下，追了出去，就像一个梦游者或是别的什么。

终于，那个孩子穿上了另外一只袖子，他——仍然双手捧着他的书——吐掉嘴里的最后一个烟蒂，用脚将它碾碎在地上。接着他伸出一只手，用力推开玻璃门，消失了，任那扇门大开着，他消失了。

"他在这里这一下午，一个字都没说过，"酒吧老板说。他实在是忍不住，跑了出去，冲着那孩子消失的方向大喊了一句。

"你这个什么用都没有的小矮子！"然后砰地把门用力地摔上。

玻璃门发出一阵极其古怪可疑的咔嗒咔嗒，酒吧老板一动也不敢动。"居帕，我不敢转身，我是把门给弄破了吗？"可居帕只是摇头。

于是他们坐了下来，密切注视着玻璃门。电影院门口买票的一大群人渐渐排成了长队。老居帕抬起头，看着那张花花绿绿的"没有葬礼在周日举行"的海报，啐了一口。"多么白痴。上帝保佑可不要给我们球队厄运。"酒吧老板生性容易紧张，而那个带着书的孩子也并没起到什么好作用，因此他开始用刷子洗刷玻璃杯，并把它们一一举到灯底下照一照，确保已经洗干净。这样，他就不会是第一个看见球队从拐角那里回来的了。

突然老居帕喊了起来，"他们来了！"

拐角处走在最前面的是胡里赫先生，其他的人都紧紧跟在他的身后。他们一个个弯腰驼背，满身泥泞，蔫头耷脑，缩着身子，就像在水里泡了太久才捞起来，衣服也都缩了水。正走到那张"没有葬礼在周日举行"的海报下时，胡里赫先生一把扯下头上的帽子，把它扔在人行道的地上，开始用力地在帽子上跳。其他人都试图劝慰他。接下来，为了更明白无误地告诉我们他的内心有多么痛苦，胡里赫先生又脱下了他的外套，扔到地上，双脚在外套上跳。

"好像是发生了什么事，"老头居帕说，"一定是踢成了平局。"当他看见胡里赫伸手去握门把手，马上亲自去为他把门打开。唉，胡里赫在他进门看见的第一把椅子上瘫成了一团，就这么坐在那里，看着外面的空处。此时，其他的人全都拥了进来，等着看他会怎么样。最后他终于勉强坐了起来，脱掉自己的夹克，扔在地上，重又颓然倒回了椅子里，说道："所有队员，十一个人，没有例外，十一个人全送到矿上去！"说着他朝他心目中最近的矿区的方向一指。

老居帕走到玻璃门边，看着外面。他甚至都没有注意到那个漂亮女人，那个手里的手包在不断旋转的女人，已经又调转头来走到了我们这条街上。他没有注意到，就在她的身后，提着泡菜罐子的小个子，仍然像个梦游者，保持在离她 10 步的距离。女人走进了电影院，他也是，就跟在她的后面。

不管怎样，此刻，老居帕站在玻璃门里面，双臂伸出，就像十字架上的耶稣。如果凑巧有人从旁边瞅见他，就会看见有小小的泪珠正沿着他的面颊流下来。而这时，酒吧老板已经开始忙着传递托盘了，盘子里是一杯杯烈性白兰地。

晚间培训

一辆摩托车终于从玛丽安广场那边拐了个弯笔直朝我驶来时，我已经在这个拐角闲站了好一会儿了。那是台有双把手的佳娃 250。教练潇洒自若地从后座溜下来，用麻木的指头掏出一根香烟，点燃之前先用充满责备的眼神看了一眼他的徒弟，后者正忙着用力将车踩到空挡。

"还没到位，没说错吧！这家伙还是没学会呐，"教练嘴里嘟哝着，上下唇之间叼着的烟也随着他的话上下跳动。"你应该清楚吧，今天的表现可不怎么样。那几个十字路口——真要命！关掉你的车灯！现在，马上回答——道路通行权规则是什么？"

"弗提克先生，是这样的，"那个年轻人用手指挓挲自己的平头回答说，"我还是一月份开始上的这个课，现在都九月了。我肯定是有点什么障碍。这些我全都知道，可就是没法讲出来。"

"那考试怎么办？你得对每一件事都胸有成竹才行。坐下来好好背一背吧，真见鬼。你下班一到家，就给我拿起规则开始背，明白了吗？"

"明白，明白，可我一到家就想睡觉。"

"好吧，悉听尊便，那就先睡会觉。好歹你会睡醒吧。一醒就赶紧拿起那些规则。总共也没有几页啊，真见鬼！你醒了都做些什么？"

"看书。我有一本超级好看的书！《禽兽医生夸兹和美人扎罗娜》，好看着呢！要不要借给您？"

"告诉你，趁我现在心情还行，别惹我生气。好吧，就等你看完你的'美人扎罗娜'，接下来呢？"

"哦，晚上可不成。我有个女朋友，还有台车，特别好骑，一点儿累赘也没有。流线型阀，汽缸，凸轮轴，一切完美无缺！每次骑都逗得路上的小伙子们眼红得要命呢。"

"这么说就是无照上路了，是不是？你就继续这么干吧。"

"您还能要我怎么样？弗提克先生。我一月开始上课，家里一台摩托车眼睁睁就在车棚里闲着。我一直坚持到了七月。到了七月——一个星期天，家里一个人都没有——我把我房间里的落地镜子搬出来搁到院子里头，穿上我最好的一身衣服，骑上车，开到镜子跟前，就为了好好瞅瞅我自己。我就这样盯着镜子里的自己，看着看着，我实在忍不住就开出去了，实话实说，一出门我就傻了，都吓得透不过气来。"

"得了，得了。你就别浪费口舌，也别浪费我的时间了。告诉你，你极有可能会毁了这车。好吧，现在女朋友也送回去了，你该回家了吧。样样都称心了，又没什么打扰。那就拿起那些规则吧。已经那么晚了你还有别的事吗？"

"很晚了吗？这个钟点我正打算开始活动活动呢。我调到慕尼黑和卢森堡，听那些黑人狂热的歌，再听听电子班卓琴，电子吉他、小号——还有贝斯和钢琴——那些节拍可带劲儿了。什么时候您上我们那儿去坐坐？平克·劳斯贝，格蕾丝·凯利，艾萨·凯特，黑人夜莺，还有路易斯·阿姆斯特朗，他们唱得可好了，您听着听着准保会觉得心碎呢。"

"行啊，行啊。我的烟也抽完了。说不定什么时候我们还真骑到你家去，说不定真会待下来好好来段爵士乐。不过现在，我还是你的老师，星期天我们还有最后一次课。在你点火之前，得给我把这一整本书背得滚瓜烂熟。只要背错一个字，我都不会再坐在你的车后面了。但，不管怎么说，你以后肯定会是个好骑手，你没有什么可怕的。你是干什么工作的？"

"装订书籍的。"

"好，把你的卡给我，这次我还是签字。但你给我记住了：下次，这本书，全背下来！我是认真的。"

"别担心，我一整个星期往死里背，就算是为了您，只要我不被折磨得发疯，会从头到尾全背下来的。谢谢您，晚安。"

"晚安，这个小东西，"教练低声嘟哝了一句，扭过头来对我说，"您是赫拉巴尔吧？您自己也有车吧？"

"是的，我有。弗提克先生。"

"我说，您看起来年纪也不小了吧？怎么现在决定开始骑摩托车？"

"我是别无选择，弗提克先生。我的腿已经不太利索了，因为我一直都喜欢到处走走看看，我想咱们捷克造的漂亮摩托应该可以帮我做到。越过田野，穿过丛林，沿着河流……我的家乡就在水边，河水的气息就像新砍的芦苇一样清新。"

"嗯。您说的确实很美。我再抽根烟。我觉得又有点冷了。这么说，这是您第一次骑车出来喽。"

"哦，不！我以前坐过摩托车，只不过总是我父亲在前面驾驶，我坐在后座。按我能想起来的最早的记忆来说吧。我们家第一辆摩托车是辆 LAURIN① ——那种您得用曲柄发动的——旁边还带了个边斗，我母亲和弟弟坐在里面。每次我和父亲得使出吃奶的劲摇啊摇，终于摇到它能打着火，我和父亲都没力气跳上车了。"

① LAURIN：即 Laurin & klement 公司所生产的车，以斯柯达品牌命名。

"这个啊，其实我都不太记得这么多年前的事了……这样吧，假设您现在是在考试，为什么用油来润滑？"

"油膜，有黏性。"

"正确。请问压缩比是什么？"

"气缸在下止点时的最大体积与气缸在上止点时最小体积之比。"

"非常正确，非常正确。不过您要记得我的话：那些什么理论知识都不懂的傻瓜，骑起车来个个把自己当上帝呢。而您呢，早晚是要摔点跤的。您可不要因此灰心，因为非得要真正视野开阔了，才能明白该怎么骑车。您可能会摔得很惨——活下来，好讲讲您的经历吹吹牛。这个时候就算是开始您的车的里程数了。怎么说呢，您父亲是位先锋人物。他现在也还开车出去吗？"

"当然了，弗提克先生，我们家里整天谈论的都是这些。只不过现在他的兴趣转移到汽车上头了。假如有天他对我说，天堂就是一大片草地，停满各式各样报废了的车，等着修修补补，永无止境，圣彼得站在天国之门的入口，把工具箱交给他。我也不会有丝毫的奇怪。可当我还是一个孩子的时候，这无异于谋杀！我父亲就喜欢在路上风驰电掣，头发吹得飘起来的感觉，而我母亲，跟所有的母亲一样，神经总是有些衰弱的。父亲总是用'吹一点微风，对你是有好处的'之类的说辞安慰她，就这样我们上路了。我们刚一超过几辆破车，他就把母亲的神经衰弱全抛到了爪哇国。他趴在把手上，嘴里开始大叫：'Targo Florio!①'那种激动，什么都没法让他安静下来了。朦胧薄雾中，我还依稀看见我妈双手死命抓着搂在怀里的我弟弟，嘴里一路不停尖叫，'弗朗斯，弗朗斯，看在老天的分上，弗朗斯，'一路上都是这样。父亲才不会听呢。那个时候，棉质风雨衣正风靡一时，父亲的风衣总是被风吹得鼓鼓的，像个气球，在后背处隆起高高的一块，一直鼓到我的脸上来。"

"您是说，你们在那种灰尘满天的烂路上开那么快？那你们的弹簧呢？绝对都变形了吧。"

"可不！特别是我。在后座我坐的地方，装的是双股弹簧。副驾驶座也是专门定制的，因为爸爸的老板也常常坐他的车，那是个一两百磅重的胖子。请相信我，弗提克先生，我也就只能在出发的时候或是停下来修车的时候，才有机会看看所谓的乡村风光。其余的时候，我都是泪眼蒙蒙的，眼前的世界一片模糊，树林啦，田野啦，全都在颠簸中一晃而过。"

"唔。这么说，您父亲是个真正的英雄呐。"

"在我们孩子眼里，他是英雄，但在我母亲眼里不是。每次好不容易到了目的地，我根本无暇欣赏美景，而是大吐特吐，

---

① Targo Florio 是由一个叫文森佐·弗洛里奥（Vincenzo Florio）的富豪车手兼赛车工程师创办的最艰苦的欧洲汽车赛事。

妈妈有气无力地趴在边斗的边上，大口吞下药片，难受得呻吟。'我干吗要跟着一起来？我干吗要跟着一起来？'每次出门，妈妈眼里是医院和墓地在前方若隐若现冲她招手，而父亲的眼里，只有一条大道，直通汽车赛赛道。美丽风光在前，我们瑟瑟发抖的心脏还没来得及平静，一切又得从头再来一次——回程。父亲向母亲百般保证，他赌咒发誓说一定好好开，以一种适合家庭出游的速度开，可 15 分钟不到，他的心又被赛道牢牢占据，于是我们像幽灵一般在乡野上掠过。这就是我父亲这辈子唯一的快乐吧。"

"好吧。我的烟现在抽完了。我们开始吧。"教练说。

我拉开摩托车的站架，把它踢到后面去。

"现在，赫拉巴尔，我们来多复习几次。首先，扭动钥匙，这台车和您家的捷克产有点不同。"

"可我不能驾驶，我没有驾照。"

"我知道，就当作是纸上谈兵吧。您看，一挡在上面，二，三，四——在下面。您换挡的时候，最好先压下去……开灯啊！"

"您坐好了吗，弗提克先生？"

"好了，可您瞧瞧，熄火了。给点油门，给它加点速度。然后松离合。现在，再试一次……不是这样的，赫拉巴尔。"

"噢，我明白了。我还在一挡，"我脸都有些红了。我用脚背挂到空挡。车子终于发动了，引擎发出一声轰鸣，在那片刻之间，虽然那儿一个人影都不见，我却感觉到整个布拉格似乎都正注视着我。我换到一挡，整个世界开始旋转起来。

弗提克先生略略往前，在我耳边吩咐，"放松！赫拉巴尔。加点油门。现在回头看看后面有没有人。打个手势，表示您要起步了。现在换挡……很好……左拐，二挡，挂到二挡上去！带着点刹车。四处都要顾着点。我们马上会看到一块三角形的交通标识；就是说您要当心。现在右拐到卡普罗瓦。别忘了给手势。手势大点，再大点！别人还以为您是在抓膝盖或是扯袜带呢。现在我们速度掉下来了，换一挡，现在到二挡……三挡……脚轻轻点一下就可以了。现在，我们经过新市政厅，打左转信号。注意街车轨道，尤其是雨后要特别注意，要不然马上就溅您一身泥水。现在往左到德罗哈，先确定对面没有车和行人，后面有没有街车。好的，现在右拐。您讲讲，您和您父亲开那辆斯柯达发生过碰撞事故吗？"

"是宝马57，不是那台斯柯达。不过父亲自己一个人骑的时候出过好几次意外。母亲后来再受不了那些长途旅行了，我们就乘坐火车去往目的地，而父亲骑着摩托去与我们会合。有一次，我们出发前往布尔诺，他第二天坐着火车赶到了，吊着一只胳膊，脑袋用纱布裹了个严实，心情看起来倒是丝毫不受影响，还拿这事和我们说笑哩。他讲给我们听他是怎么就闯进了一家教堂，一直冲进了圣器收藏室。

"圣器室？这我可从来没干过。我是不可能干出这事的。好啦，现在退到一挡减速，那儿有个老人。右拐，快到利维路齐了，没什么人。加大油门！再加大！在十字路口停车的时候，您最好收油门，捏住离合。没有什么比在路口熄火更叫人发窘的了。向您父亲致敬，我再问一句。他还骑摩托车吗？"

"毫无疑问啊，而且年纪越大倒越莽撞了。每次骑都像在赛车。还有一次，原本约好了和一个朋友一起来与我们会合。结果倒好，他和他的那位朋友一起出现在火车上，又是浑身上下缠满绷带，两个人都是。闯进了公牛群！他们下车的时候，父亲高兴得不能更高兴了，极其郑重地向我们保证："等着瞧吧，我肯定能做到的。""

"一挡，赫拉巴尔，右拐！先别说话。这里路况特别复杂。而且，请记住，摩托车好比神兽，把您摔得越惨，您越迷恋得厉害。等哪一天晚上您一个人躺在一条沟底，抱着一条断腿，您就明白我的意思啦。别离街车太近。保不准会有人突然从车上跳下来……还有，书上怎么说的来着？驾驶应该注意什么？"

"保持安全的距离，以确保有足够的空间正常刹车。"

"非常之好。赫拉巴尔，您开这么快干嘛？您的喇叭呢？！火药塔路口就是个地狱。有一次我和我的一个学生就在这里栽了。他骑到了街车轨道里，就像您刚才那样，结果锁骨骨折。

您看，您不能只注意眼前，随时要密切关注四周。眼睛永远睁大点，小心来往的人，不然"砰"一声——完蛋。当然啦，您也还得有几分运气，话说回来，干什么不都得有点运气，哪怕您只是想绕着布拉格散散步。现在拐到瓦茨拉夫广场上去。不用操心那里的交通灯，晚上就熄了。先挂一挡，很好。路上很空。现在走中间道，加速上坡。您父亲骑着他的斯柯达肯定也吃过不少苦头的。您应该写在他的墓碑上以作纪念。嘘！别说话，现在先别说。小心伏迪科瓦的十字路口。好了！没事了，请继续……"

"我正好想到了有一次我们出去远足——到波杰布拉迪去泡温泉。那是个夏天，我们全家都打扮一新，穿上最好的衣服——我弟弟和我穿着水手服，父亲穿着新崭崭的超长外套。那外套在风里飘啊飘啊的，挺惬意的。可突然之间，就被绞到了后面的轮子里……"

"是后轮，赫拉巴尔。"

"对，不管怎么说，因为后轮绞住了他的外套，父亲被一点一点往后扯，一直都快倒到我的座位上来了。他拼命要去够油门。可外套一直把他往后拖到仰面躺下了，他唯一能做的就是徒劳地想抓住什么，结果什么也够不着。然后我也往后仰面倒下去，和他一起……"

"真是特别的经历啊，赫拉巴尔，可别忘了您讲的这些……

现在右拐，还有，别这样弓着身子坐着。我来帮您纠正。好！再右拐，到亚克纳去。正如您刚才所说……"

"我们就这样又过了一条沟，终于在一块黑麦田中间着了陆。那时候，布料可比现在的结实多了。要是这事儿再晚点，搁现在的话，那外套早被撕成两半了。"

"稳住，赫拉巴尔。圣伊格纳茨路口陷阱重重，特别难搞。左边是家医院，总是有救护车进出不停。您最好挂二挡。您可得好好记牢了，最好离第四中心远点，等您自己一个人开车出来的时候，这就是金玉良言。注意！加油站就在那边，前面就是技术学校了。现在，我们往伏尔塔瓦河边去吧。"

"虽然说，父亲完全就躺在我身上，我们在黑麦地里转啊转啊停不下来，齐脖子那么深的黑麦……"

"稳住，赫拉巴尔。您得找找感觉。现在我们要拐到路堤上去，继续前进，经过国家剧院，然后一路回到我们出发的地方。等等！让这些士兵先过去。听声音，他们开的应该是泰脱拉①111。喏，我说什么来着？一辆111。现在可以加速了！在路口您得学会快速发动。就是这样发……"

"后来，不管怎么说，我们就在黑麦地里兜着圈子，父亲用他那只还能动的脚勉强控制车的方向。母亲当时早就昏过去了，完全一无所知。最后还是我弟弟从边斗里爬了出来，开始一个

---

① 　泰脱拉（TATRA）：世界著名的重型载货生产企业的产品。

控制杆一个控制杆地试——您最清楚过去的车上有多少的——他试的时候，就听见父亲不停地大叫'不是这个！不！也不是那个！'直到最后，他终于找到了那个对的，车终于在田野中间慢慢停了下来。但我们肯定是没有办法把父亲从轮子上解救下来。老天有眼，正好有几个在田里干活的人过来了，用镰刀把他给救了。后来父亲拿那件外套还剩下的那点破布做了一件非常短的防风夹克……"

"这里要小心。您可不知道，我们再待一会儿吧。往下走到法学院，再右拐到巴黎大街。但要提防那些轨道！所以后来你们买了台宝马？"

"是的。那时候车手开始对速度着了魔，那时候车王诺瓦拉利风头无人能及。我们的车越开越快，一坐上您就甭想看见任何东西了，就好像裹在一大块云团里面，只隐约听见父亲的喊叫'诺瓦拉利'仿佛从天外传来。我应该先走里面吗？"

"为什么？桥已经不能通行了。我打赌他绝对要骑着宝马大显身手一番。你们是在哪里第一次出车祸的？"

"那台宝马也挂着边斗。有一次，我们要超过一个马队，父亲加大油门，却被马车中部绊住了，绕着车轴转了一整圈。我直接被甩到了一棵梨树上，锁骨骨折。那正是暑假，确切地说，恰恰是暑假的第一天，我们本来是要去布拉格给我买顶帽子以奖励我在学校表现优秀的。父亲从方向把手上方飞了出去，眼镜片在眉骨上撞碎了。我弟弟从边斗里摔了出来，倒是毫发未伤。可父亲当时在大街上恨不得开枪自杀，血从他脸上往下直淌，他都以为是自己眼睛瞎了。'我什么也看不见！'他一个劲儿大叫。我们跑过去趴在他身边，让他干脆把我们都杀了。老天有眼，当时有人经过，他们用马车把我运到一个医生那里，医生给我打上石膏。再怎么走？去桑伊特瓦？"

"对。可您父亲呢？"

"我正坐在路边一家路边咖啡馆里头，有人从拐角过来，还能是谁，我父亲和弟弟，还有一块挡泥板！父亲头缠着绷带，可绷带下面，父亲依然开怀大笑。'真是大场面，对吧？'他对我喊道。"

"这里小心，赫拉巴尔。有一次我让一个学生在克莱门特学院附近加速，当时地很湿，就和现在一样，后来我别无选择，只能和他一起翻了车。这次手势给得不错。现在我们要调头了。保持前进，挂一挡……现在调头！脚不要垂到地面，我很容易踢到。松油门，换空挡，钥匙熄火。很可惜，我们只有一次上路培训的机会。您母亲什么感受？"

"我们从门口开进来的时候，她正要去喂鸡。满身又是纱布又是石膏的难兄难弟，还加上块掉下来的挡泥板。母亲端着放鸡饲料的托盘，愣在那里。父亲冲她一咧嘴，'真是一次特别特别好的骑行！'他说。结果，母亲崩溃了，昏了过去，鸡食泼了一地，鸡群冲过来开始狂吃。"

"我想我得抽根烟。我想告诉您的是，您父亲可是位真正的诗人，活得有意思。把您的卡给我，我来给您签字。"

他把这节课填进了我的驾校学习记录，并签上了他的名字。

"您和您的父亲，让我今天没有白过，"他说，把卡递还给我。接着他跨上车，脚踩发动板，"有点冷了，是不是？代我问候您的父亲！"

"一定转告！"

弗提克先生手指一碰前额，做了个敬礼的手势，发动引擎，点火，巧妙地借着这湿漉漉的人行道上的滑溜劲儿，原地转了个180度的弯，迅疾地朝伏尔塔瓦河的方向而去。

葬礼

　　"我昨天晚上可做了个好梦。我梦见我正跪在一片树林里，面前有一台打孔机。这时，圣约瑟①不知道从哪里飞了出来，在我的头顶画了一个大大的十字。今天早上一醒，我就知道我该把钱押在19号上，冰球，还有3号，自行车赛，因为圣约瑟日是3月19日，"加尔达说着一边把外套的纽扣扣好。他正要告诉佩皮克体育彩票是怎么大大激发了他的梦境以及如何启发了他对梦的解析。一阵可怕的撞击声，接着是巨大的咔嗒咔嗒，再加上响亮的咒骂，吓得他赶紧闭住了嘴。加尔达和佩皮克跌进刷了柏油的小便池里，等他们爬出来，加尔达发现一片乳白色的碎玻璃片，上面写着个数字8，正好落在他的身边。

　　"嘿，你绝对没想到！登山，8号！"他兴高采烈地说。

---

　　①　圣约瑟是耶稣的父亲。

"你倒是瞧瞧我的外套。"佩皮克正在仔细检视自己的袖子。

"这是来自上天的示意,"加尔达十分高兴,无限仰慕地看着那片玻璃,"我告诉你,只有这种数字才值钱。这可是能改变命运的数字。早上的是冰球和自行车赛,现在,是登山的号码!"

"这套礼服看来得送去洗衣店了。"佩皮克面无表情地回答说。

直到他们从小便池里上来后,才明白原来是一辆卡车朝着一座镶嵌在玻璃盒子里的钟直挺挺地撞去。此前,那座钟向着东南西北四个方向分别显示时间。撞击的力量实在是太大,四个钟面全都飞了出来,落到人行道上。底下的铁座子被撞弯越过小便池,掉到另一边去了。

两位朋友跨过这些数字找到一位警察。警察正在松开套在便条簿上的橡皮筋。"你们知不知道你们有多幸运?你俩都没事,对不对?"他问。

"是的。"

"那你们当时看见了些什么?"

"不,我们当时在那里,只听见了声音。"加尔达指着小便池说。

"那好吧,你们可以走了。"警察说,朝卡车司机那边走去。司机的双手抖得厉害,连证件都捏不住。

"登山！一个星期后我们就发财了！"加尔达说。他亲吻着那个数字 8，然后把它抛到人行道上那些剩下的玻璃碎片中。

佩皮克看了看手表说，"那当然好，不过我们最好先确保别错过葬礼。"

过了一会儿，他们发现风实在是太猛烈了，要想顶风往前挪上一步，必须得加倍地弓起腰才行。

加尔达兴奋极了，"彩票中奖，总是会伴随着一些不可思议的事情。其他什么都不值一提。我把所有的中奖号码列了一个表。告诉你，游艇和独木舟根本就没出现过。那个幸运的犹太数字仅仅上榜一次，不吉利的 13 ——九次。你的叔叔阿道尔夫，我们今天就是要去参加他的葬礼，有一次，他曾经告诉我说，'鼹鼠总是在奇数点钟的时候掘洞，所以奇数一定是幸运的数字，'所以我们押注，每一个数字出现的次数都是差不多的。"他停下来喘了一口气。

"这就是秘密。你必须得和这些数字建立一种私人关系。你必须得和它们建立一种你为我，我为你的友谊。你必须得对待它们如同对待你的情人一样深情。这就是秘密。就拿这辆车来说吧，我们在往山上走，它从我们身边驶过，对于我来说，它什么都不是，就是一堆废铁。但是，假如我有幸被它撞到了一丁点儿，它的牌照在我的人生中就有了意义。可如果仅仅是在上山时经过它……"

"加尔达，小心！"佩皮克大叫一声，跳到路边。一个沉重的大桶从一辆正从山上疾驰而来的卡车上滚落下来，恰好滚到那辆正在爬坡的小汽车的轮子底下，离他俩仅仅几码之远。顿时炸起一股黄色的烟尘，腾到半空中，紧接着是一声巨响，和轮胎发出的尖利刺耳的声音。

佩皮克站在路边，绝望地检查着自己的葬礼礼服：礼服上上下下无一处不是黄色，就和正在迅速膨胀升空的黄云一样。那片黄云中，加尔达踉跄着跑了出来。

"你这个蠢货！这开的是什么见鬼的车！"佩皮克冲着黄云大吼，重又开始检查他的礼服。

"不要说亵渎上帝的话，现在，"加尔达警告他，用一只手捂住了他朋友的嘴，"记住，这是来自上天的示意。"他指着那条黄色的烟柱，狂风正将它紧紧裹住，扫过发黑的雪地。"到这个月底，我们就腰缠万贯了。"他简直激动得快喘不过气来了。那车刚好从黄云中露出了轮廓，他绕着它走了几步，然后跪在一个两英尺深的黄色尘土形成的土堆里，擦去汽车牌照上的灰土。大风很快又给牌照蒙上了一层黄色。他想要看到牌照上的数字，唯一的办法就是一次只看一个数字，动作异常敏捷，逐一飞快抹去数字上的灰土。

"跳水！"接着……"马术！"最后一个数字……"体操！"

风吹过来，牌照再次变得模糊，汽车底下的细苯胺粉末被高高卷起来，卷到空中。汽车司机的手还放在方向盘上，他的眼睛紧紧闭着，心里还抱着这一切不过是场梦的希望，他想只要睁开眼睛，就会发现自己刚才看到的，听到的，感觉到的，其实事实上并不曾发生……他真的终于睁开双眼，正在此时一辆捷克泰脱拉（TATRA）111 从山顶加速冲下来，重新搅起那些尘土，这次汽车的窗户全都糊满了。

"体操！"加尔达雀跃地叫道。

汽车主人终于鼓足勇气跳下车来。"老天，这是我第一次上路！"他立刻意识到自己脚下的黄色尘土已经是齐膝盖深了，他开始绝望地绞扭着自己的双手。

"请问，我自己不敢看，我的轮子底下是什么？"他额头上的皱纹一直延伸到了双耳。

"一个两百磅重的苯胺桶，"佩皮克回答他。

"为什么？我今天为什么要把它开出来？"他发出一声痛苦的呻吟，发黄的手紧捂住自己的额头，"我的妻子待会准会大发雷霆！我都不敢看。车受损严重吗？"

"我的礼服又怎么办？我们是要参加一个葬礼。我叔叔的，"佩皮克叹了一口气说，但还是走到车头前去看了看，"也不是那么惨。左边轮胎掉了，挡泥板上有个小坑。散热器撞进去了一点。"

"我妻子待会儿会怎么说？"司机连连哀嚎，把脸埋在手心里。

"为你唱赞歌肯定是不可能的。"佩皮克说着，抹去腕上手表上的灰，看了看。"但最糟糕的是……你确定要我告诉你吗?"他问。

"请直说，我现在什么都能接受。"

"整个底盘都已经不成样子了。"

"我的上帝!这下可闯大祸了!"彻底绝望的司机重新爬上他的车，此刻他的外套已经完全是黄色的了。他把原本挂在后窗旁边的一个羽毛掸子解了下来，开始焦躁地给他第一次开上路的汽车掸灰。

一个拉着雪橇的小男孩，特意从几乎光秃秃的山坡上冲下来看这辆车。他抓起一把苯胺粉尘，扯扯司机的衣袖，问，"先生，这是什么?"

男人爆发出一声可怕的嚎叫，"离我远点。滚开，否则我……我都要疯了!"他拿那根五颜六色的羽毛掸子发疯了似的抽打着空气。

"等我们上到山顶，就给你叫警察，"加尔达说，他准备又开始上路了，一边还在自言自语，"跳水……马术……体操……"

墓地的风无情肆虐，光秃秃的树枝像旗杆一样在空中震动。尽管有一个乐队就在小教堂旁边演奏，但乐手个个冻得瑟瑟发抖，鼓着腮帮子，手指头忙个不停，实际上其效果近乎为零，音符刚从乐器里钻出来，就被风刮得干干净净了。佩皮克看见布告牌上写着他叔叔的名字，大声咆哮着问，"他们往哪边走的？"

一个乐师闭着眼睛，用他的乐器朝某个不知道何处的方向指了指，一个音符也没漏掉。

"那边？"佩皮克指着问。乐师点点头，继续用手指猛击那些键。他的手套全都被剪去了指尖。

"这些乐师演奏的样子就像是拿着 3 号铅笔在写字。"加尔达突然来了灵感，"说不定风把这些葬礼的曲子刮到小镇另一头某个地方的某一面墙上，那里的人正奇怪这些哀乐都是从哪里来的呢。我说，那应该是他们。"

"你说什么？"佩皮克问。他把一只手窝起来围在发黄的耳朵后面听。

"那应该是他们！"加尔达大声说，他们走过一块块墓碑。等他们走到的时候，仪式刚好结束。牧师取下他的四角帽，正在往墓碑上泼洒圣水。风太猛烈了，吹得哀悼者们都必须得用两只手紧紧揪着自己的帽子，把圣水也刮到了旁边的墓碑上。穿着紫衣的侍祭勇敢地坚持与风搏斗，不让风把十字架给掀翻了，还得忍受旁边的旗帜啪啪啪不停拍打在他的脸上。

"这是什么区？"加尔达大声问。

"罗马数字九。"

"罗马数字几?"

为了盖过风的呼啸,佩皮克尖叫道,"九,数字九!"声嘶力竭。

风,突如其来地平息了,所有参加葬礼的人全都扭过头来,他们看见一个全身黄通通的迟到者嘴里大喊,"快艇!"

公证员

一

　　每天早晨，公证员都会在他家里的祷告室里做晨祷，那个房间有两面窗户被贴上了教堂用的那种彩色玻璃。一面描绘的是圣迪奥西尼教皇在断头台的刑具旁捧着自己的头颅。另外一面，画的是信使把圣女亚加大被砍掉的胳膊重新接上的情景。

　　一天早上，正跪着祈祷的时候，他突然想到自己竟然忘记了洗漱，心里涌起一阵强烈的罪恶感。最后，他在胸前画了个十字，站起身来，打开窗户。

　　待双眼渐渐适应了早上太阳的光芒，他抬起头来，望向蓝色的屋顶，望向河的对岸，纵容自己尽情地深吸了几口潮湿的空气。

"奶——奶！奶——奶！"突然一个孩子的叫声，"兹德涅克又吃狗粑粑了。"

公证员踮起脚，把整个院子扫视了一圈。这里曾经是一家啤酒厂，现在都住人了。一个穿红色罩衫戴着草帽的女孩正拿手指着一个三岁大的男孩，男孩正幸福地把什么东西往嘴巴里塞。

一个瘦削的女人从洗衣房里奔出来，甩着两条胳膊，嘴里大声呵斥着："你们这两个要死的小鬼！我什么时候才能把衣服洗完！"她一把拎起她的孙子，把他推到下水道的隔栅那里。"比猪还脏！你看你！等你妈回来，看她给你顿好打！"说着她一个巴掌出其不意地掴过去，孩子嘴里的狗屎吐了出来。转过身来她又劈头开始骂女孩："你的眼睛是干什么用的？再不小心，我也要给你一巴掌，看你的眼睛还不管事。喏，"接着，她从蓝围裙的口袋里掏出一个口哨，说："到厨房里玩去，再有什么事，就拿着口哨吹。有你们这两个无赖，我什么时候才能把活儿干完？"说完，她又甩起她那两条因为洗衣而被染蓝了的胳膊。

公证员关上了窗户。他走出房间，走过阴沉沉的走廊，径直走进了办公室。

"早上好，先生。"说话的是年轻的女打字员，她并没有抬头，正专心给花儿浇水。

"早上好，早上好，"老人嘴里咕哝着，两只手搓了搓，接着说，"昨天过得怎么样啊？"

"哦，我先去打了网球，你知道后来怎么样？我输了，输给了一个比我大 15 岁的女人。我输了两局，太糟了，是不是？"

"是啊，太可惜了，"公证员回答她说，"就我所知，你可是个非常出色的网球球手呢。"

"不不，可没那么好。"她红着脸说，"还差得远呢。我可能是太紧张了，应该就是这样的。"

"因为你觉得你的对手会打败你？"

"不，也不是因为这个。可能我的性格就是这样的吧。一有重要的事情，心理就承受不了，最后结果一塌糊涂。你不知道这点让我多绝望！这还是俱乐部锦标赛呢！"

"呃，下次你一定会赢的。后来你还干了些什么呢？"

"后来，等我从更衣室里哭了个够出来，天都已经黑了，但我决定去游泳。我穿好泳衣，一直向上游游去，一直游到了那棵大橡树那里。当时，月亮已经出来了，一轮巨大的，黄色的月亮。我爬上一块石头，腿拍着水玩儿，看着水中的涟漪，一圈又一圈，月亮就在波纹中放着黄色的光亮……"

"然后呢？"公证员扬起眉头问。

"然后，我又滑回水中，在黄铜色的水里，我游啊游啊，在月亮的倒影中，我一圈又一圈地游，水面泛着金属涂料般的光泽，我伸出双臂，轻轻拨开水面浓厚的色彩。每次我抬起手，就会看见我的手都变成了黄铜似的。你不知道我当时心里有多震撼。"

"接着呢？"

"接着，有件事吓了我一跳。"

"是吗？"

"是啊，"她说，在打字机旁她的椅子上坐了下来，"你猜我看见了什么，这一片漆黑的树林中突然冒出来了什么？三条白色的泳裤。"

"泳裤？"老人问，一脸不相信的样子。

"就是。三条白色的泳裤。所以我马上像鸭子一样躲进芦苇丛里，像只老鼠一样悄悄地藏着。它们跨过河堤，正从我头上过呢。它们说的每一个字我都听得清清楚楚。你知道到底是什么吗？"

"不知道，但很想知道！"

"三个没穿衣服的男人！皮肤黑黝黝的，一定是穿着泳裤在外面晒了太阳的，他们的胳膊，他们的腿，还有身体的其他部分，全都融在一片阴影之中，他们没有穿衣服。什么衣服都没穿！我最初还以为是泳裤自己走起路来了呢。"她满脸红晕地说。

"那你什么都看清楚了？"

"哎，是呀，什么都看见了，绝对看清楚了。是三个年轻学生，和我差不多大的。"

"肯定发生了一点什么故事咯，"老人不无苦涩地说，"肯定会发生点什么。一个年轻女孩子，黄铜色的河水，三条白色的泳裤，在暗处跑进跑出。好吧，后来你又做了什么？"

"后来，我就游回俱乐部了，因为我听见那三个学生也跳下水来。然后我赶紧擦干身子回家了。"

"回到家然后呢？"

"然后，我就坐在我的台灯下，开始画画。"

"这才是我想听到的。"公证人笑逐颜开。

女孩起身，将一大张画纸放在书桌上。纸上写着："啊，尊敬的父亲啊，漫长而充实的一生结束，你将在地下得到安宁和休憩。"她昨晚就是这样一个字母一个字母描绘的。

"看来你还记得，"他兴致勃勃地说。可当他再次打量起这句——这是要刻在他自己的墓石上的——他又有了一个新主意，"嗯……为什么不写'在天国得到安宁和休憩'呢？"

"可你昨天不是让我这样记录的。"女孩有些不自在。

"当然了，当然了。可一个人自己墓碑上的铭文太重要了。我想要的，是那种即使过了一百年，后人看到这上面的话，就能明白我是怎么样的人。"

"有一次，在一个犹太人的墓地，我读到过一句非常好的墓志铭：'尘归尘……'"

"那是犹太人的墓志铭，"公证员带着几分被冒犯了的不悦说，"难道你还没有意识到，只有信基督，凡人才能成为上帝的儿子？如果没有耶稣基督被钉在十字架上，如果没有耶稣基督复活，我们所做的一切都不过是虚空的虚空……等等！有了，快，把我说的记下来！"她一准备好，他毫不耽搁地开始口述："我的油灯已烬……回归尘土，更胜于在天国闪亮……"

等她敲完这些字，他问："今天晚上你有什么计划？"

"我先得去趟裁缝店。你知道的，我新做了一件上衣，白色的丝绸，红色的宽条纹，上面是很有现代艺术感的印花，纽扣一路扣上来直到颈子底下。看起来就是乖乖女的感觉，善良的女统治者穿的那种。宝拉·韦斯理在电影《化装舞会》中穿的那样——也许你看过——还有，她和约阿希姆·戈特沙克搭档主演《我将等待》中的风格。"

"从裁缝店回来呢？"

"我会去打一局网球。接着，我想我会再去河里游泳。这次，我说不定也去裸泳，就像昨天的那三个学生一样。如果有人正巧在河对岸经过，他们只会看见一件白色的女式泳衣，因为我的胳膊和腿也已经够黑了，在橡树林里和那些树影融为一体。"她抬起头飞快地瞟了公证员一眼，眼睫毛眨了眨，可看见他面上并未露出同情之色，便又像一个乖巧的小女孩似的补上一句，"等我一回家，就把你所说的你的油灯已烬和回归尘土写下来……"但转眼她又活泼起来，她可没办法燃尽她青春的火苗。

公证员打了个呵欠，尽管他的嘴巴还微张，嘴里的假牙却已经啪地合上了。

"谢谢你，"他说，在自己的办公桌旁坐了下来，"现在，趁我的那些当事人还没来，我们继续我最后的愿望和遗嘱的总结部分吧。"他从抽屉里取出一沓文件，开始哗哗地翻看起来。

接着他站起身，在办公室里踱来踱去。

在开着的窗户前，他停下，向外望出去，越过天竺葵和一排排铺着脊瓦的屋顶，一直望到河那边。一棵棵树倒立行走在水中。他开口说道："我的棺材应该是金属材质的，装饰要华丽，内外都要细致的埃及纹样。钟声……葬礼时要钟声齐鸣，哀悼室里满满铺上黑色地毯，要有一个巨大的耶稣受难像，六翼天使飞绕其旁……你刚才说打算今晚去裸泳？"

"没错。看在上帝的分上，又会怎么样呢？天那么黑。"她回答，灵巧的手指在键盘上哒哒哒敲个不停。

"很不错，"老人说。当他意识到女孩一言未发时，他又捡起话头，"一个巨大的耶稣受难像，六翼天使飞绕其旁……**36 根**

9 盎司的蜡烛……" 正说到此处,他听见外面院子里传来一阵拖沓的脚步声,他俯在天竺葵上探出身去。一个退休了的马车夫缓缓走进院子。他的步态很奇怪,令人觉得他是在骑自行车或者踩在滑冰鞋上。他找了个晒得着太阳的地方,掏出他的烟斗,还有一个自己捣鼓出来的把烟斗挂在无齿的嘴上可以保持不落的发明,清了清喉咙,靠着墙根坐了下来,分明与一蓬枯萎了的杂草无异。年轻的时候啊,公证人想起了过去的事,这家伙可害苦了两个老婆呢。第一个老婆只要不肯求饶,他就扯着她的头发把她拖到一个大皮箱跟前,打开箱子盖,把她的长头发塞进箱子,啪地加上锁。第二个呢——他把她的辫子绾成个结,把墙上大铁钩上的耶稣像取下来,辫子挂上去,把她吊起来。那他当时想干什么都可以为所欲为了。说不定她们就喜欢这样,说不定还享受着呢。有些女人啊,当真可就是魔鬼的工具。

"36 根 9 盎司的蜡烛……" 秘书重复说。

"噢,是的,我再想想……" 他转过头来,盯着女孩漆黑美丽的头发,忘形地欣赏了好一会儿,才接着说,"音乐,得用大教堂男声合唱团……葬礼必须由三位牧师主持,并备有四位助手,他们指挥整个仪式直到到达墓碑……整个过程由殡葬主持引导,还要有仪仗队……十字架要醒目……马车,要 15 匹的……两部灵车,周围人们提着灯笼绕着灵车……"

打字员噼噼啪啪,速度极快,就好像是在把遗嘱上的那些金属字母直往一个铁罐子里扔。

隔壁院子里突然爆发出一声大叫，公证员赶紧扒在窗户框上把头伸出去。

原来是守门人，正站在露天的化粪池跟前大喊，"奈达——奈——达——"

终于，一楼的一扇窗子打开了，一个头发打理得油光发亮的脑袋伸出来问，"干吗？爸！"

"干吗?!"守门人声音很大，"你给我马上出来，搭把手，帮我拿这根竿子，得拿到河边好好洗洗了。"他指着那根他用来搅化粪池的竿子。

"可——爸爸，我刚收拾好。"

"你给我马上出来，搭把手，没听见吗?"守门人一边把竿子抽出来扔到院子地上，一边喊。一个穿着白色衬衣的年轻人从房子里头跑出来，抓住竿子干净的那头。"不，错了，"守门人喊道，"那头归我，你拿这头。"

"可我刚换了件干净衬衣，领带也是新的，"那个年轻人一脸戒备地说，"这样的领带全镇都是独一无二的。"

"我命令你，我是你爸，你就照我说的做。你可别指望我会拿那头搅了屎的，明白不?"

"那我的新领带怎么办……好吧，我去取下来。"他转身要回去。

"不行，不行！你得服从我的命令，而且，必须马上服从。我最后一次问你，是干还是不干？"

年轻人好好盘算了一会儿，说："我不干，不，不能，为了这新领带不能。"

"你们这新一代就是这样的，"守门人仰面朝天大叫起来，"全是些油头粉面的家伙，而我——你爸，就活该后半辈子都要拿搅屎的那头吗？"

"爸爸，"做儿子的回答说，"谁都能明白这道理，一个年轻人正要出门约会的时候，他肯定不会去搅什么化粪池。你让我待会儿怎么去牵欧琳娜的手？"

"我们是不是忘了点什么事情？"秘书问，"身故讯息您打算发多少份？"

"身故讯息？"公证员问，似乎骇了一跳。"四百份。还有，我想在圣吉尔斯教堂唱安魂弥撒……记下来了吗……很好……由男声合唱团演唱《安魂曲》，弥撒结束后，三位牧师和合唱团在墓碑前一起唱《葬礼应答圣咏》。"他嘴里兀自说着，脚却忍不住蹑了起来，身子倚在窗台上，眼睛向外张望时，正巧看见那位先生和他的儿子走出大门，抬着那根竹竿去河边清洗。他特意去看了守门人的手，发现他拿着的是那倒霉的那一头，点点头，嘴里继续说下去："……灵柩台的装饰要符合身份……前面十排长椅要全部围上黑色的帷幕……"

啤酒厂的院子里突然响起一声尖厉急促的口哨声。

那个戴草帽的女孩用了她几乎全身的力气在吹那个新口哨。她在那顶草帽底下吹啊，吹啊，吹个不停，直到她的奶奶从洗衣房里跑出来，一边在湿漉漉的围裙上边擦着手，然后在太阳下冲他们使劲地挥动。

"又怎么了？你们这两个土匪？为什么不好好玩？"

女孩在青草上用力地擦自己的一只鞋子，向她告状："奶奶，兹德涅克把便便拉得满地毯都是，我一下子踩到了！"说完她又开始吹口哨。

她的奶奶给了她一个大巴掌，口哨从她嘴里掉了出来。"干吗？你这个小猪猡！就这事儿？你死命地吹就为了这？今天下午我还要去上班，你就拿这些事烦我？我到底什么时候才能把衣服洗完？"

公证员耸耸肩，离开窗子。

"你昨天记的那段铭文，"他在桌子旁坐下来说，"写在墓碑上的那段，最后要把这个遗嘱附上。毕竟，谁也不知道会是在哪一天，什么时候。你明天给我把新的带来的时候——'我已经归于尘土'——我们就把它改过来，行吗？"

"挺好的，"女孩说。她觉得每次他的话还没说完，假牙就啪地先合上了甚是有趣，正看得津津有味。她还发现，每次他一打喷嚏，就会动作异常迅速地掏出手帕，用手帕紧紧地压着嘴巴。她极为好奇的是，假如公证员先生也像她的祖父用那种黑色丝线把夹鼻眼镜挂起来那样把他的假牙挂起来，会是个什么样子？祖父可不光是用丝线把眼镜挂起来，他还有一条线，一头拴着他的帽子，另一头固定在衣领上。这样，帽子就不会被风吹落了。假如公证员先生打了个喷嚏，而假牙却像祖父的眼镜或帽子依旧吊在黑丝线上，会怎么样呢？

"呃……"女孩不禁打了个寒战。

"你觉得冷吗？"公证员问。

"不，只是起了身鸡皮疙瘩。肯定是有人踏在我的墓地上了吧。"她伸出两臂环抱着自己，摸了摸肩头。

"做得挺漂亮的，"公证员说。他开始仔细端详一本已经完成了的商业合同。合同盖好了签章，打印得清清楚楚，用红白两色的线装订整齐，并用一个鲜红的印封缄。他把合同读过一遍后，站起身来，越过开着的窗子向河边望去。他看见了那个年轻人的白衬衣就俯在水边，他还听见了竹竿在水里唰唰划着圈儿的声音。守门人的蓝色衬衣和蓝色的河水融在了一起，几乎无法辨认。两个人重又直起身子，静静地看着远处的水面。水面映着白衬衣的倒影，亮得耀眼，像太阳一样，水里，年轻人脚朝天倒立着，像马戏团里的高空秋千表演者。

公证员马上转过身来说："快！记下来，趁我还没忘记！'我的棺材就是我的摇篮，墓碑上的铭文就是我的出生证明。'

现在请你把这句话念给我听一遍，行吗?"

二

希赛尔夫妇，一对老农，是今天最早光临的当事人。公证员认识他们已经很有些年头，恐怕有四分之一个世纪了吧。他们第一次来这里是作为新婚夫妇来公证，两个人手里都捧着祈祷书，穿着乡下人的礼服（希赛尔先生穿着马裤、马靴，还戴着一顶猎人帽），庄重得像皇室成员。现在他俩都上了年纪，老态毕露，衣着也就是最日常的。

"今天又给我们带来了什么新鲜事?"公证员请他们入座后问。

"咳，哪有什么新鲜事。不过，我们的一个邻居刚刚疯了。"老农说。

"天呐，天呐。"公证员故作惊讶地感叹。

"是这样的。他养了头母猪，它有了一窝小猪崽子，后来，除了一只全都一命呜呼了。所以他们就用奶瓶喂那只活下来了的。那小猪崽子像只小狗成天跟在他们屁股后头。小猪崽子长大了，他们决定宰了它。因为它没有登过记，老家伙晚上下到地窖里去动手，猪跟在后面也下去了。我早就说过，就像条狗似的跟在他后面。他们刚一下到地窖，那猪就把脑袋搁在老家伙的腿上，因为平时他们就总是这样给它挠挠鼻子摸摸嘴的。不管怎么说，他怕猪乱叫，一斧头柄劈在猪脖子上，结果却把蜡烛给打翻了，因为力还不够狠。他只得掏出刀来弄，黑漆漆的，他压在那猪身上整整弄了有一个小时，猪才流干了血，死了。那猪肯定是认为另外有人袭击了它，所以，从开始到最后死，一直都想往他怀里钻。后来，等他从地窖上来，躺在床上，他就疯了。不管是谁，想什么法子都不顶事。后来就来人把他带走了。和动物有感情——啊呸！"

"我的上帝，"公证员大声说，"当时你不会也在现场吧？"

"那可没有，他的姐姐一五一十讲给我听的。你认识的，就那个，她女儿卧床了三十年的那个。"

"住在 17 号的？"

"就是她。你听没听说过是怎么回事？"

"没听说过。"

"唉，这事还得从她去镇上看电影的那天说起。那天，她去镇上看卓别林的电影，就是那部里面有天使的。回来后她就想做一件跟那个天使一模一样的衣服送给女儿作圣诞礼物。她用真羽毛做出了一对翅膀，还真的非常漂亮呢。可是小女孩冻感冒了，后来就成了脑脊膜炎，从那以后就没下过床。"

"哦，我现在想起来了，"公证员说，"他还有一个兄弟住在 26 号，有个农场，是不是？现在他们过得怎么样？希赛尔太太。"

"哦，还不错，他们的地产又多了七英亩呢。"她回答道，一双巨大的手掌搁在大腿上休息着，"当然了，他们的小儿子死了，你知道的吧。葬礼才过去差不多一个月呢。还不是因为和动物装得亲密。你瞧，他们有一头小马驹子，都学会到客厅讨糖吃了。可是去年甜菜丰收的时候，它跑进了厨房，肯定是有什么东西使它受了惊，突然就举着两只前蹄，全身站了起来，跳起来朝炉子撞去，把家具全撞了个粉碎。老头跟在马后面也急得跳，可还没来得及等他用毯子盖住马眼睛，那个畜生重重地踢到了孩子。唉，孩子的腿开始出问题了，他们只能赶紧送他去医院，就在他们锯掉孩子的腿的时候，孩子突然站了起来，就死在了他们的手上。老头和他的妻子要求再看一眼躺在棺材里的儿子，可一打开棺盖，就马上又合上了。因为那条被锯下来的腿就正正地摆在那具可怜的小尸体的旁边呐。要没这事，我们这村子可真够没劲的——根本就没什么可说的。你不知道你住在城里有多好。除了——你知道卡拉尔的农场在哪里吗？"这个问题仿佛使她的脸一下子都变亮堂了好多。

"14 号？"公证员含笑问道。

"对的，唉，那个又老又蠢的卡拉尔，和他的女仆，一起爬到阁楼上，两个人闹得太疯了，结果他抽筋了，怎么也没办法从女孩身上抽出来了。"

"真有这事!"公证员说,特别不自在地注意着打字员低垂着的羞红的脸上的表情。

"可不!真有这事!"农妇说。她扯了扯头上还插着一根猎鹰羽毛的红色小帽,"没有办法,我们只能带了绳子和梯子去,用一张帆布把两个人一裹,用绳子放下来,放到谷仓场院里。这么说请上帝饶恕我,可当时看起来真的就像——我们全都提着灯笼呢——就像祭坛上的祭品……你知道的,耶稣被从十字架上放下来时那样。等我们把帆布一层层滚开,他老婆,就是那个见人就吹嘘把女儿送去了修道院的那女人,用鞭子死命地抽打地上的那两个。老头被抽晕过去了。你知道后来怎么样?这么一顿鞭子抽也没起一丁点儿作用。后来对着他俩泼冷水也没用,用小刀去戳他也没用。最后,我们只能把医生请来。他在她身上那个紧,才叫虔诚哩。"

"都乱了套了!"公证员咕哝着,"可你们逃脱不了这些。乡下人就是这样粗野。"

"你说的还真不假,"农夫拉了拉自己黄色的围巾,又把绿色的领结捋一捋平,"我们的宗教老师前阵子差点就被强奸了。你都不明白这些人想要的是什么。一天,她正在树林子边散步,可还是大白天呢,就顺着他们说的公鸡散步的小路,一个穿蓝色夹克的家伙骑着自行车从她旁边经过。接着,她拐进树林,突然,这个家伙一下子从灌木丛里跳了出来,对她说:'到草丛里去玩玩怎么样？'试图要强奸她。我们这位宗教老师体格可好着呢，给他就是一顿胖揍，最后他乖乖扛着他的自行车，一路被拳打脚踢押到了警察局。结果弄清楚他是普林卢卡来的一个牛贩子，他找了个理由，说当时只是想撒个尿。结果，就当着那些个警察的面，我们的宗教老师，抬起手就甩了他一耳光，他立马就尿了，啥都招认了，还发誓以后再也不敢了。除开这个，咱们乡下的生活，跟从前完全是两码事啦。"说着，他给了公证员先生一个只可意会的眼色。

"可是，卢德维卡，"希赛尔太太说，她在她的上等亚麻布做的手帕里擤了擤鼻子，却弄得满手指头都是，"你为什么不说说那次你抓住那个傻子的事，你知道的……"

"你不觉得太荒唐了吗？"公证员问，一边又去看他的打字员，女孩的侧脸熠熠发光，挂着亮晶晶的珍珠般的汗滴。

"荒唐？一点也不，"农妇回答说，"这就是生活的另一面而已。"

"依我说，根本不值得一提，"农人近乎生气地说，"都是些小把戏。你看，我是镇公会的，隔壁的邻居喝自己家酿的梅子白兰地喝中了毒，成了个半死，就喊我去想办法。好吧，我告诉他们，把他腿朝上从一架梯子上倒吊起来，好让他把酒都吐出来。结果发现他喝下去的竟然全都消化了。后来，我想起我们在家时对付我祖父的那套法子，我们用暖和的牛粪把他埋起来，一直埋齐脖子！因为那个时候，他的身体已经冷得跟石头差不多了。我们刚把粪叉放下，就听见一个奇怪的声音，咩咩咩直叫唤，是从篱笆另一头一只羊那里发出的。这是怎么回事，我们都纳闷着呢。我们翻过篱笆，你猜发现了什么？就是那个傻子，那个说话结巴的，他正……"

公证员这时站起身来，把一根手指竖在他紫色的嘴唇上，耳朵一直凑过去，凑到农人的嘴巴跟前。

农人在他耳边悄声说了几个字，公证员颓然坐回自己的椅子里。

"唉，接着我们又找了些棒子啊，鞭子，"他的声音又恢复到了正常音量，"我们就好好招呼了那个结巴傻子。后来他居然也不结巴了。可这农场的生活能有什么意思？没有剧院，没有电影院，没有旅馆，什么都没有。"

"可能确实如此，"公证员说。他注意到他的打字员手里拿着的那张纸正随着那颗少女的心扑扑地飘动着，"可是，对于我们这样的基督徒来说，上帝无处不在——农场也好，城里也好。只要是人类愿意居住的地方，上帝就与我们同在，他就在我们心里。而其他的一切，正如你们自己也非常明白，一切都不过是虚空的虚空。而且，作为基督徒，上帝的儿子，说到我们的心灵，我们已经和上帝有了誓约。说到我们俗世的资产，我们也要有俗世的誓约。这也就是你们今天上我这儿来的原因。你们想要做个决定，万一你们死了，你们的财产该怎么办。我说对了吗？"

到这时，这对乡下主顾似乎平静了一些。"对。"两个人一起回答。

"那非常好，"公证员说，站起身来。"我们来讨论下遗嘱可以有些什么样的形式。"说话时，他又朝窗外河对岸望去。那边，炽烈的阳光下，几乎所有的颜色似乎都蒸发了。这时，一只红黄条纹的很像冰激凌车的船出现在视野里，这船是布利齐纳克先生的。他是一位退休了的火车司机。船头和几把桨都装饰有花体字写的船主的地址，而划船的正是船主本人。他穿着运动服，衣服的腰上部分用大写字母绣着他的完整的地址，运动鞋上也用非常细致的字母写着地址供人欣赏。公证员的目光久久地欣赏着河面上的风光，嘴里却一刻也没曾停下，长篇大论讲着最后的愿望和遗嘱。看到红色的船在水面上，树上留下红色的投影，他的思绪回到了好多年前。那次整个小镇万人空巷欢迎从利托梅日采来的副主教。火车站挤满了漂亮的小姑娘，织锦绸缎和旗帜，还有议会议员和本地的乐队。可是副主教的特等豪华客车晚点了，所以火车站站长急得不得了，催一列货运车赶紧通过。当布利齐纳克先生——他是司机——当他经过进站标志时，他从火车头里探出身去，做了个醒目的全臂交叉祈祷的手势，这时，小姑娘们马上一起开始挥舞手中的花束，乐队开始演奏《一千次欢迎你》……所有这一切全都是献给布利齐纳克先生的运煤车的。突然那艘红色的船消失在依依垂柳后，连同它所有的投影，所有的铭文一起……"也就是说，为什么财产可以被看作是父母对于子女的爱的一种表现，子女将继续耕种他们从父母那里继承而来的土地。"

办公室突然变得肃静起来。

"好吧，是这样的，先生，"农人把嘴唇舔舔湿说，"我们是这么想的，比如说……我的意思是说……你知道的，我们希望大儿子卢德维卡能得到所有的财产，只要他能给阿妮赞卡——我们的女儿——只要他能给她 5 万。那我们现在就可以把所有的东西都交到他手里，我们……嗯，退休。"说到这里，他的声音简直是低不可闻近乎耳语了。他看起来非常局促难堪，眼睛一直盯着地面，下巴完全缩到他那绿色的领结里去了。"你的意见呢？"公证员问农人的妻子。

"我想你把这条写进去：我儿子卢德维卡必须每个月一次套好马车把我送到公墓那里去。"眼泪顺着她的面颊流到下巴，已经完全溶解在了满脸廉价的粉底里，在嘴边皱纹的沟壑里烂成了糊。

"很好，"公证员说，"这位年轻的小姐会负责核对财产评估记录。下个周五我希望你们能带两位见证人一起过来。现在我们先来拟写第一份草案……请记录……"

　　公证员再次走到窗子边，眼睛眺望着水面，心里却在想布利齐纳克先生每天晚上的常规活动——骑他那与众不同的健康模式的高级自行车。他那车，要想骑上去，非得要先启动一个特制的机关，跳上事先专门调试好的踏板，而且，踏板上也印有花体字书写的他的住所地址。而在他的家里，一切都被刷上不同颜色，贴上标签，标上序号，到处有绿色和白色的箭头指引你怎么去花园，黑色和白色的箭头是告诉你怎么去柴房，棕色和蓝色的箭头则是去厕所的……

　　"准备好了吗？好的，现在……如果上帝召唤我们去往永恒之国，我们将留下如下遗愿：第一……"他口述的时候，双眼凝视着窗外流逝不息的水面。

三

　　中午饭过后，公证员拿起他的手杖，准备出去走一走。从磨坊到桥边的路上，有两个人骑着双人自行车从他身旁几乎是擦身而过，自行车的把手都擦到了公证员的衣袖。他们是两兄弟——在剧院附近卖香烟和报纸——中午午餐休息时间出来骑骑车。他们中一个是瞎子，坐在后面，而另外那个看得见的就坐前面。原先公证员还抽烟的时候，他总是去兄弟俩那儿买烟。他总是饶有兴致地看那个瞎子摸索着在小商店里走来走去。每次他刚一清喉咙，还没说话，瞎子的脸上就露出一个已经认出他的声音来了的微笑，也令他很高兴。"今天公证员先生怎么样？"瞎子总是会这样问，然后转过身，把手伸到货架里去，那里放着公证员最喜欢的那种波多黎各雪茄牌子。他能够凭着硬币的大小就知道面值，就像他凭着咳嗽的声音就能认出公证员。

现在他们俩正脚踩着踏板，沿着河骑着，他们的倒影也亦步亦趋，在水中上下起伏。有那么一会儿，他们的脑袋消失在几棵菩提树枝条的边缘，可还看得见他们的腿还在运动，就像一个联动发动机，真实的加上水中的影像叠加在一起，成了一个非常奇特的四轮装置。看着他们，公证员不禁浮想联翩，万一哪天他俩喝醉了，坐错了彼此的座位——瞎子坐到了前面，而看得见的那个坐到了后面。他们能够骑多远呢？如果一路上没有人，他们甚至有可能就这样一直骑到家呢。说不定瞎眼的兄弟也认识路，就像他认识他手里的硬币，认识朋友的咳嗽一样呢。

公证员脑袋里装满了这样的念头，他绕开那个已经破旧废弃了的马厩，马厩上还挂着那个红色的马头。他走到了分配菜地那里。接着，他蹑手蹑脚经过另一个香烟店。这个店，他总是不敢往里面瞅上一眼。可是，从眼角的余光，他能瞥见香烟店老板的手，就放在窗子旁边的桌上。那双手的主人是历经战争浩劫后的残次品，曾经被火焰喷射器非常严重地灼烧过，也曾经被授予了一枚勇士勋章，加上这个香烟店。

　　公证员沿着岸边的石头台阶向下走去。他边走边环视这个城市，用一种伊壁鸠鲁式的快乐眼光。他最先从河对岸的房子中找到了自己家的彩色窗子。接着，他看见一个穿红色夹克的女人拎着一个洗衣篮来到河边，女人跪下身来，上身俯在水面，注视着自己在水中的面容，整理飘散的几缕头发。与此同时，他看见，还是这个洗衣女子，从水中探出身来，就像扑克牌中的红心皇后。可接下来，她从她的篮子里取出一条白色的床单，弯下腰，啪啦的水声中，所有的倒影不复存在。

　　还是在河对岸，本区牧师也正沿着堤岸散步。堤下的水中，还是这个牧师，也同样穿着黑色的外套和圆顶礼帽，冠履倒易地沿河散步。当这件长长的黑色外套走到红色夹克旁时，颇似一个红点之上站着一个黑色的感叹号。而这个情景也完完全全在水中映射出来，只不过——和之前的一切无异——只不过是颠倒的。因此，当洗衣妇向牧师微笑致意，对方也鞠了一躬并脱帽回礼时，水中的他看起来似乎是在用礼帽舀水……静静地观察着河对岸发生的一切，公证员蹲下身子，用手捧起一些河水，非常庄重地将水泼在自己脸上。然后重新爬回到堤岸上来，沿着篱笆一直走出城去。

　　在樱桃园附近，他碰见了一位穿着泳衣的年轻女人，她坐在一艘倒扣过来的筏子上面织一件黄色的毛衣。一个光着身子的小男孩，肚皮趴在桥上，手里捏着根嫩枝条垂到水里，努力想要从水里钓点什么上来。公证员愉快地叹了口气，眺望对岸。远处，连绵的草地向更远处延伸而去，一个被太阳晒得黝黑的年轻人——赤着双脚，没有穿衬衣——骑着一匹白马突然闯进视野，跃入浅水区。另一匹马突然出现了，看起来就像是两匹马站在彼此的四蹄之上。这时，第一匹马扯动缰绳，垂下脖颈，从第二匹马的口吻之处饮水。

"妈妈，妈妈，这是什么东西？"小男孩手里拿起一个软塌的东西，一直举到那个穿泳衣的年轻女人眼前问道。

"赶紧给我扔掉！"她面红耳赤地说。

"可这是干什么用的，妈妈？"

"扔掉，听见没？"

"你先告诉我是干什么用的。"

"你以后有的是时间搞清楚。现在给我扔掉！"

"可我现在就要知道，"小男孩带着哭腔说，一边还跺着脚不肯罢休，"我就要知道。"

"我要你现在扔掉，"她大声叫起来，把手里的编织活儿放了下来，"听明白了吗？"

可这时孩子跑开了，他的母亲开始在后面追赶。当她伸手一把去抓他的时候，他居然不顾一切地把这个刚从河里钓上来的东西塞进了自己的嘴里。

"你就等着我告诉你爸爸去。"年轻女人大叫，朝男孩的屁股几巴掌打过去。男孩摔倒了，正巧就扑倒在公证员的脚边。

"可真够闹的。"公证员说。

年轻母亲用一只手拼命想把那东西从孩子的嘴里拉出来。另一只手还在继续拍打着男孩的屁股，嘴里还在喊着："你就等着我告诉你爸爸去，你这个小混蛋！"最后她终于把那东西扯了出来，然后带着满脸掩饰不住的强烈的厌恶，将它团起来使劲地扔了出去。

她刚想回来继续她的编织，心中突然生出一种怪异的感觉，仿佛自己正骑在一辆自行车上，有人伸出一根木棍，插进了自行车一个轮子的辐条中间。她扭过头去，看见这个老人用目光剥光了她的衣服。他盯着她的胴体，眼神极其老练，又充满了挑逗，以至于她马上本能似的用一只胳膊遮住自己的下半身，另一只胳膊捂紧胸部。她往回走了几步，一直走到了筏子旁，然后捡起她的编织针线，挡在身子前。

"嗯……"公证员嘴里喃喃说着什么，把帽子往下拉了拉盖住眼睛。他开始往回走，在手指间旋转玩弄着他的手杖，孩子气地挥舞着，将花丛中的花朵打落了好些。他看着那匹马在水中随意地游着，那个年轻人就坐在马背上。当那马浮出水面，正要从河水中一跃而出时，他看见在其身下的水中，那匹倒立着的马一点点具象化，一点点呈现在眼前。有那么一会儿，两匹马的马蹄两两相对。可就在这时，骑马的人在马肚子上用光着的脚后跟重重地踢了一下，马啪啦啦冲开不深的水面，水中的它，被骤然抹去。

这时，公证员的脚步带了几分急促。

走过香烟店的时候，他又特意控制自己的眼光不往里面看，可他刚一走过，立刻就意识到刚才眼角的余光里并没有看见那双红色的手。他听见有人在呻吟，他停下脚步，走回去，朝店里窥去。那个残疾军人癫痫发作了，躺在地上。他的手脚就在那些货架和椅子之间，被埋在一堆香烟盒中。

公证员绕到香烟店门口，却发现门是锁着的，于是又回到窗户那里。他看见钥匙就插在门里面的锁上。他放下手杖，抬起滑动窗，上半身艰难地穿过窗子伸到狭小的商店里面去。他努力伸长胳膊去够锁上的钥匙，最后失去平衡，一个倒栽葱跌了进去。开始跌落的那一刹那，他注意到的第一样东西，就是那双红色的手，被喷射出的火焰烧灼过的，满目瘢痕的手。着地后，他发现自己的脸紧紧贴在那个残疾军人的脸上。那张脸，同样也被战争毁得面目全非，看起来就像是在沸腾的油中浸泡过一样。公证员的脚后跟钩开了一个小桌子的抽屉，里面成把成把的硬币倾泻下来，哗啦啦落在他们身上，最后，他终于挣脱出一只手来，打开门，滚了出来，一直滚到外面的阳光中来。

恰在此时，一个卖晚报的女人骑着她的自行车从这里经过，前面的篮子，后面的车架上，报纸都堆得老高。当她看见公证员先生一路翻着跟头从门里滚出来，残疾军人在里面，被埋在硬币和香烟盒子中，她跳下自行车，愣在那里——双腿跨在车的横梁上，手还扶着车把手。

"给我搭把手弄他，沃里科瓦夫人。"公证员说。

可是这位报纸贩子已经完全吓僵住了。公证员只能自己去把香烟店主——连带着那些硬币和香烟——拖出来。接着，他解开他的衬衣纽扣，一下一下掌掴着残疾军人的脸，给他擦去嘴边流出的涎水。到这时，卖报纸的女人才终于缓过神来，尽管她看起来除了大拇指全身哪里都还不听指挥，至少她开始拼命摁响自行车的铃铛。

人们跑了过来，他们费劲地撬开残疾军人紧紧握着的拳头，从河里弄了些水来喷在这个可怜人的胸脯上。公证员坐起来，将他的头放在自己的大腿上轻轻地抚摸着。经历过战争中的种种可怖，那个头颅似乎不过是由各种不同的皮革拼缝而成的一个破娃娃。

"沃里科瓦夫人，去叫他的妻子来，可以吗？"公证员对卖报纸的说。听到这个指令，她的自行车铃声更添了几分呜咽。

"你们去把硬币和香烟捡起来吧，"公证员说着，继续轻抚着香烟店主的身体。这时，他抬眼向河那边望去。一个渔夫，鱼钩上钓起了一尾极小的，鲜活的鱼儿，活泼泼，亮晶晶，像一面小镜子。渔夫非常小心不弄伤鱼的脊柱，一个大大的弧线，将鱼扔回到河里。水之明镜中，另一个渔夫和他相对而坐，就像黑桃国王。

"快去叫医生。"公证员提议道。

当你看见碧树酒吧

13 号街车，在前面没来得及拐弯，直接破窗而入，一直冲到啤酒龙头那儿才停下来。从那以后，碧树酒吧就没有从前那么能招揽顾客了。不过对于酒吧老板乔迈基先生来说，这也算不得什么烦心事。在他心里，人生最大的期待，莫如早上一起床就能给自己斟上一满杯。今天的起床第一杯之后可是连绵不绝。他站在玻璃门旁边，读了一遍，又读了一遍贴在那儿的一张讣告。讣告是这样写的："谨此敬告诸位好友：敝人，居莉雅·卡达瓦，中学教师，享年 67 岁。敝人葬礼将于 1961 年 9 月 16 日于达不利斯公墓举行。"（此处日期是用铅笔写的）最后是逝者的手书署名：居莉雅·卡达瓦，中学教师。

每读一遍讣告，乔迈基先生就会摇晃着脑袋走回到酒吧啤酒龙头那儿，两只手握着龙头，给自己接上一杯啤酒，马上一口饮下，接着把水杯拿到水池那儿去，用水冲一冲。

天色渐渐暗了下来，但他还没有开灯。酒吧里仅有的两位顾客正坐在紧挨着酒窖门的那扇后墙边——万一历史重演，13号街车又冲进来呢。

"你说帕索维斯基酒吧有几级台阶?"一个问另一个。

"七级。"对方回答。

"那卡内达呢?"

"卡内达? 你说的哪一家? 学院那边那家，还是堤岸下边的?"

"我的老天，你怎么什么都不知道? 学院旁边的卡内达老早以前就关门了。现在就只剩私人码头对面的了。"

"等等! 一……二……三……四……五，"那个男人嘴里数着，在心里一步步沿着台阶往下走，"一共七级，往下的。你说美泉酒吧有几级?"

"一级，往上。红心呢?"你来我往，如此这般。老板走回到门口，恰好看见一辆14号街车像个灯火通明的夜总会，正直直地全速朝他驶来，附近这一块儿全都被它照得煞亮，在最后一刹那，一个近乎完美的90度，终于突然拐弯，沿着酒吧的前窗平行驶离，中间只剩极狭窄的一道缝隙。它的车厢看起来就像三个耀眼的观赏鱼缸。

这时，乔迈基的姐夫走了过来，"什么风把你老兄吹到这来了?"乔迈基一边问一边开门，显然非常高兴看见他。

"嗬，你怎么都不去看我们，你这个老家伙。马卡都快不记得你长什么样了?"

"我是要去来着，"乔迈基边说边倒了一杯酒，"去也得像个样子去，我准备买辆摩托车。"

"你?"他的姐夫嘴问，朝他的肚子就是一拳，"就带着你这个啤酒肚?"

"没错。"酒吧老板说着给自己也来了一杯，一饮而尽，把酒杯拿到水池里去冲了冲，"我也该锻炼锻炼身体了，虚得跟个影子似的。"

"还是马戏团里大胖子的呢。"他的姐夫说，"可是说真的。弗兰提斯克，别买摩托车了，我见过的事故还少吗! 有一回，我正开着 13 号车，我往窗外一看，你猜我看见了什么? 一个就和你一样的疯子，躺在他的摩托车旁。他们用早报盖住了他的脸，那时候他的车轮都还在转呢。警察在他的尸体旁画了个圈，那情景太惨了! 别，想都别想买什么摩托车。真的，别买。听我的，就听你老哥一句，别买摩托车。"

"其实它比一辆普通的自行车也大不了多少啊。"

"就是这种小个子才闯大祸呢。有一回，一辆 14 号和一辆 13 号，把一位骑摩托车的胖女士死死地夹在了中间，还有她那些乱七八糟的购物袋。那些街车车厢就像钳子一样。我只能等在那里，紧紧踩着刹车不敢松。我可不想去看，无论如何绝对不要去看。那最后一声喊叫，虽然不大，已经叫我头皮发麻。我就站在第二辆车的后面，抽着烟，等委员会的人过来。我们当时是在一个非常陡峭的斜坡上，我往下一看，就看见一股子鲜血，和着牛奶，汩汩地沿着路面往下流。"

"这么说，你觉得我该去买辆汽车咯，"乔迈基有些恼火。他走到门那边，手指头打鼓似的在玻璃上叩击着。这时，10 号街车几乎都要把酒吧外墙上绿色的油漆给刮下来了，接着仿佛临时改了主意，一个拐弯，整个拐角在车灯的照射下蒙上了一层黄色。紧跟在它的屁股后面的是 12 号街车。10 号车的女售票员，站在最后一节车厢的后车门踏板上，用手指在空中划了一个大大的问号。12 号车的司机举起三个指头，一脸沮丧，那意思是他还得跑三趟才能回车队休息。售票员冲他难过地点点头以示同情，接着又对他粲然一笑，举起一个手指头，并幸福地闭上双眼，在空中划了长长的一个一，意思是只剩一趟了，只要一想到这，都令人开心呐！

与此同时，乔迈基的姐夫又继续讲了起来，"这样的故事我可以一直讲到午夜。汽车也是一样的危险——管它是四个轮子还是几个轮子。有一次，一辆莫里斯小车卡在了 5 号和 19 号的中间。就像把一张报纸揉得稀巴烂。知道吗？车上是两个女人。开车的那个打算冲过去，但是没能做到，你知道吗？她们被卡得死死的，最后还是用抓升钩才把她们取出来的。一片，放进第一个棺材，另一片，放进第二个棺材。到最后，我猜大概算是两个人了吧。我说，你还是忘了这个吧。"

"那就只剩下走路了。"

"走走路也不是什么坏事，但是你得保证不要像没头苍蝇似的乱撞，"酒吧老板的姐夫连连摇头。"弗兰提斯克，你都不会相信，那些人自己就往车轮子底下钻。还是在大马路上。嘿！可偏就有这样的人，他们站在马路牙子上，左瞅瞅右瞅瞅，一看见有一辆街车开过来，他们就对自己说，'我的宝贝可来了'，然后拔腿就往车底下跑。有一回我就看见一个巡查员，他跟在一个捡车票的人的后面，就爬到我开的 9 号车底下来了。如果当场就死了，还不算太糟，万一被压在你的车轮子底下的那家伙还活着，你的麻烦可就来了。往前走一点，再往后倒一点——结果只是把他碾得更惨。那人就在那里惨叫，'你们谁可怜可怜我啊，快帮我把它挪开，求求你了。'不，在布拉格，哪怕只是散散步，也不是好玩的。"

"捡车票的是干什么的?"乔迈基问，又倒了一杯酒。他走到门那边，朝外看了看，手指头在讣告上哒哒哒敲了一阵。在那张讣告上，已故者通知她的朋友们自己去世的消息，并邀请他们来参加她的葬礼。

"只有在布拉格才有这样的人，他们都是些领养老金的。他们捡别人用过但还没过期的车票，就可以拿着免费坐车了。这可真是一项了不起的体育运动，我就认识一个医院的主任，他可从中赚了一大笔呢。"

"呃，"乔迈基应了一声。"我说，"他转过头去对着他的那两位顾客说，"我们没有吵到你们吧?"可那两位正大声争论着什么，压根就没听见他的话。他们争论的是，到亨特兰酒吧有多少级台阶?

"你们为什么不现在就亲自去看看呢?"乔迈基建议。

"好主意。"其中一个回答道，并立刻戴上了他的帽子。他们一起走了出去，手插在裤袋里，朝着电车车站的方向走去。

"四级。"乔迈基的姐夫回答道。

"其实我也就是想骑着摩托车去野餐或是什么的，你知道的，"乔迈基说，"有的时候我觉得呼吸急促，简直都喘不过来。"

"完全了解。你的姐姐玛卡也有一样的毛病。你们总是迫不及待要收拾行李出去散心。难怪每次我在跳舞街酒吧停下来喝上一杯的时候，就听见医院里的护工们在聊工作中那些事，我听见他们说，'过去啊，你知道的，圣诞节的祭品是鲤鱼，复活节的时候就是羔羊肉。可今年的圣诞节，我们收到了 17 个躺着的摩托车手，更别提那些缺胳膊断腿的了。'他们甚至在医院里为那些摩托车手专门开了一个新科室，'车队'，他们就是这样称呼的。有一次，那时我还在开车呢，我驾着一辆 11 号，最后一站了，我正要拐弯……"

"停！你刚才说'还在开车'是什么意思？我不知道你已经不干了。"

"哦，是的，我已经不干了。"

"怎么回事？"

"咳，都是因为那个女人……"

"你和一个女人？"

"我和一个女人。是这样的，每隔一段时间，我开 6 号线的时候，到最后一站，我就减速，让电车自己沿着那段环形弯道滑行，进入丛林，沿着篱笆再转回来，后来我又改进了——对，我这是违反操作规定的，我把车打到自动模式，自己跳下车，去终点酒吧飞快地喝杯咖啡。等我放下杯子出来，走到空地时，正好电车自己就沿着弯道过来了，我再跳上车刹住。"

"那个女人呢？"

"哦，她嘛，她是一个冒牌金发女郎，是一个售票员，正准备考驾照。她来了就一个劲儿地求我，'求您了，就让我开那一段环行弯道吧。克洛帕斯克先生。'因为她的口红涂得正合我意，最后就答应了她。从那以后我喝完咖啡就在那儿等着。等着她噘着她那娇滴滴的嘴巴从车门口探出来说，'我到了，克洛帕斯克先生。'一天，我等啊等啊，等了好久，最后我出来看看究竟怎么回事，外面漆黑一片，所以我绕过弯道，回到终点酒吧前面那段直路上去，我的心都快停住了，冰凉凉的。到处可都没看见车的影子，怎么办？我问自己，只能走到斯图斯米尔广场那儿去看看到底是怎么了。告诉你，我从来没见过布拉格像那天早上那么漂亮。

"我终于找到了那位售票员朋友，她正坐在马斯赛克酒吧的第二级台阶上，头深深地埋在两腿之间，眼泪从脸上成串地往下掉。那个哭法啊，就好像都看不到明天了。我问她'出什么事了，吉丹卡？'她一下子就跪在了我面前，双手合掌乞求。'求您宽恕我，克洛帕斯克先生，求您宽恕我。'就在那一刹那，我心念一动，知道是哪里出问题了。'吉丹卡，是不是你过弯道时电车辫子松开了，是不是？等你出去把它挂上时，忘了拉刹车，所以车自己就开跑了。''是这样的，当时一通电，车都要跳起来了，您是没看见。'她说。'当时控制板在几挡？'我问她。'全速。'听到这儿，我的头也只能埋进膝盖里了。"

"唉，女人呐。"酒吧老板说。

"所以，别无他法，我往广场去，一路上脑子里全是一片狼藉惨烈的现场。可等我终于到了广场，那里却空荡荡的。扳道工从他的那个小亭子间里探出头来，像一只猫头鹰似的盯着我，冲我喊，'克洛帕斯克，克洛帕斯克，你的6号车呢？你知不知道你干了些什么？电车督管员当时就正坐在我旁边，我就看见一辆空车，箭似的冲过路口，完完全全不守规章！"我一定是出现幻觉了，"督管员说，他使劲掐了一下自己的胳膊，又掐了一下自己的腮帮子，"不，我可是亲眼瞧见的！"说完就跑了出去。你可真够幸运的，他在乡村酒吧旁边的出租车站找到了几辆出租车。他们一直追到了国王路才终于撵上6号车。又一直追到桥上，督管员才终于跳上了车——那可真是个扎扎实实的，哈里·皮尔式的跳车——可把车给刹住了。幸好11号、18号、8号，还有2号车全都没有在那个时候过路口。老兄，不然你想想，那会有多惨！'"

"嗯，实话对你说吧，"乔迈基对他的姐夫说，"我想我是不会买摩托车的了。对了，他们后来是怎么处置你的？"

"差点没切了我的蛋蛋。"克洛帕斯克咧嘴一笑。

乔迈基又给自己接了一杯啤酒，对着空空如也的酒吧说，"嗨，伙计们，告诉你们，今天喝个痛快！"他一口饮尽，将杯子拿到水槽去冲了冲，摇摇头，"我现在绝对是不想买摩托车了。可能是家族遗传，但过去我真是一点也不害怕。"他接着说，双手紧紧抓着啤酒龙头。"13号电车冲进来，一直冲到龙头这儿来的时候，等灰土扑簌簌掉完了，没动静了，我第一件事就是走到司机那里——他还呆坐在方向盘后面呢——我对他说，'朋友，'我说，'来一杯？低度的还是黑啤？'但现在我是真害怕了。不，先生，摩托车这玩意儿不适合我。"

"如果你真喜欢摩托车，怎么就不能买？开着车去乡下兜兜风，哪里还有比这更美的事儿？这把老骨头去吸吸新鲜空气不好？"

"呃，我现在满脑子都只有在警察局和保险公司看见的可怕的车祸现场，太骇人了！看来我还得把酒戒了，起床第一杯也要说拜拜了。"

"得了吧，弗兰提斯克。一小杯啤酒又能有什么坏处？其实一杯啤酒刚刚好能给你自信。那些碍视弯路，要想过去你还真得有那么点自信才行呢。没错，意外总是有的，但谁说你就一定是个倒霉蛋？想买就去买吧。"

"你真这么认为？"

"去买吧，你都已经有驾照了，想要就去给自己买辆摩托车。到时候我们可以一起去乡下，摘摘杏子，采采苹果。"

"是不错，不过要是链条断了，或是后轮卡住了怎么办？结果呢？我当场就一命呜呼了。"

"这么说吧，弗兰提斯克，一个人若是运气不济，去撒泡尿也有可能倒大霉，在家里也会摔断腿，是吧？就算我们真出了意外，既不会是第一个，也不会是最后一个。这样的事多得很。人总得冒一点风险，什么都不敢试，会变成什么样？"

"你说的绝对没错。"乔迈基说，"我会去买一辆摩托车。但你知不知道我最想干的是什么？我就想趁清醒的时候喝个大醉，喝啤酒。"

"我现在去把灯打开吧。"克洛帕斯克说着站起身来。

"不，不要，还不用。人们马上就会拿着啤酒罐进来了。"他对着自己的杯子喃喃自语。然后咂咂嘴，把杯子拿到水槽去冲了冲。

那两个出去的男人此时回来了。他们还在之前的桌子边坐了下来，沉默不语。

"结果如何？"乔迈基问道。

"四级台阶，往上。"其中一个答。

"好吧，我得走了，"乔迈基的姐夫说，"夫人派我出来给她买《红磨坊》的主题音乐唱片。我顺道也给自己买了张老华尔兹。女人，总是不让你好过。过去，你姐姐为了铜管乐队可谓不惜一切，但因为那也是我的最爱，所以她转而迷上了爵士乐。刚结婚那会儿，我们都是斯巴达队的粉丝，六个月不到，她投入了斯拉夫队的怀抱。如果哪天斯巴达以大比分胜了斯拉夫，那她一整天都不会和我讲话。弗兰提斯克，去买辆 150cc。机器，你随时都可以卖掉它，再换台功率更大的。速度越快，等你陷入困境的时候，突破的可能性也才越大。那位胖女士，还记得吧？被夹在 13 号车和 14 号车中间的，其实，假如她当时骑的是辆 250cc，很有可能她就正好冲过去了。"

"真的吗？"乔迈基问。

　　"到佩尔克酒吧要往上走几级台阶？"桌边的一个男人问。

　　"一级都不用，"乔迈基的姐夫突然冒出一句，边说边走出门外，"酒吧是和马路齐平的。"

　　又一辆电车驶过来，乔迈基再次警惕地跑到啤酒龙头那儿站着。他已经看见车头上被照得清清楚楚的数字"13"。就和之前那些疾驰着冲下坡的电车一样，这一辆似乎也存心要冲破前窗闯进来。酒吧老板松开抓住龙头的手，一直奔到酒窖门口，一只脚踏在门槛上，万一13号又像上次那样疯了似的轰隆隆滚过来，也好抢先逃命……但车，只不过是掉转头走了，把整个酒吧照得雪亮。

　　乔迈基先生重又给自己满上一杯，喝完后，他对自己说，"这儿的酒真不错。我还得常来。"

　　接着他走到门边，将电灯拉亮。

钻石之眼

那位乘客的一只脚已经踏上了有轨电车的第一级踏板，突然感觉到有人在扯他的胳膊。他扭头一看，是一个中年男子站在站台上。

"抱歉，请问您这是要去布拉格吗?"他问道。

"哦，是的，我是去布拉格。"乘客回答说。

"请问您是否介意带上我的女儿薇杜卡一起? 到布拉格车站会有人接她。"说着他便将一个大约 16 岁的女孩交到了那位乘客手中。

站长吹响哨子，列车员先帮那个女孩上了车，然后打出可以出发了的手语。站长给出最后的信号，车发动了。

女孩的父亲在站台上跟着车边跑边喊，"薇杜卡，我们会为你祈祷。你一弄明白就给我们发电报! 能听见我说话吗?"

"我听见了，"她对他大声回答道，"你要我给你们发电报。"

此时，列车经过了"前方无障碍"的标志，那位乘客拉开车门，领着女孩走进过道。他手里牵着女孩，心里却一点儿也不知道该拿这位姑娘如何是好。

"千真万确！"从临近的一节车厢里响起一个人滔滔不绝的声音，"有一回，那时候我们还没结婚呢，她去给我买衬衣，可她什么也没法买，因为根本不知道我穿多大的。她正准备走，突然有了一个主意。'每次我掐住他的脖子，我的手就是这样的。'那个售货员取出卷尺，量了量她两手围起的空间，说，'领围 16。'明白了吧，那件衬衣我穿在身上就像手套戴在手上，别提多合适了……"

门唰地被拉开，一个秃头男人跑了出来，他捧着肚子，笑得直不起腰。"不，可真受不了他！"他嘴里嚷嚷着，一拳"砰"地打在列车的木头板壁上。

等到终于不那么激动了，他又回到车厢里，还是那个嗓音又接着讲了起来。"所以啊，我对自己说，既然她能出去给我买回那件衬衣，那好，我也要让她吃一惊，给她买顶小帽子作圣诞礼物。因此，我走进了一家高级时装店。我说，'我想要橱窗里那个挺漂亮的小帽子。'时装店的人说话了，她说，'您要几号的？'呃，一开始我也不知道，但马上我就有法子了。'有一次，我俩吵架，我就给我的未婚妻这么轻轻地拍了一下，从那以后，她就老是觉着自己的头还被抓在我的手心里，从那天开始，一直到现在，我都还记得当时的感觉。'时装店的人给我拿来一摞帽子，一顶接着一顶给我抓在手心里试，直到最后我兴奋地大叫，'就是这个！'我把帽子放在圣诞树下。她戴起来就像便盆扣住屁股，不大也不小。"

那个秃头男子再次冲出车厢，用手帕紧紧捂住嘴巴，上气都快接不上下气。他一把将女孩推开，脑袋伸到车窗外去，又开始用拳头捶板壁。"受不了了，那个家伙。可真受不了了！"一边说，一边还抹了把眼泪。

那位受托照顾女孩的乘客——他还拉着她的手呢——跟在秃头男子的身后毫不犹豫地走进了那节车厢。

"先生们，"女孩一走进去就开口了，"我是薇杜卡·克里斯托娃，我上布拉格去！"她伸出两只胳膊，摸索着朝前走。她最先摸到的是一个长着鬈发的脑袋，就是讲故事的那个人。他打了个招呼，"我是厄弥尔·柯莱萨。"

"我是范克拉夫·科胡特科。"秃头说。

那位领着女孩的乘客把手里的提包放到头顶上的行李架上去时，不小心碰到了秃头的头。

"你就不能注意点吗？见鬼！"

"抱歉。"

"是撞到了吗？"女孩问，"我就总是这样。我们家是由我负责把信投进邮筒，去那儿的路和回家的路，我都熟得不能更熟了。可是有一天，那些讨厌的邮差把邮筒的位置往前移了两栋楼，害我一头正好撞在了邮筒角上，痛极了。但我后来也报了仇，用白手杖狠狠地抽了几下。"

"请到窗子这边来坐吧，"秃头男人揉了揉眼睛招呼女孩说，"这里更适合看风景。"

女孩伸出手去四处摸索，先找到了座位，然后又摸了摸车窗。她将手掌平平地伸在面前，好像在试是否在下雨。"有太阳照着呢，多好啊。"她说。

大家都陷入了沉默。

"站台上那个男人是你父亲吧？"那个把她带上车的男人问。

"是的，"她点点头。"他可了不起啦！别人都嫉妒我呢。我的父亲是个果农，有一次，他开着他送货的卡车不小心轧到了我家隔壁一个跛腿的邻居。要开庭审理，我爸爸所有的对头全都开心得不得了。'活该，'他们说。'现在他要么是去坐牢，要么就是狠狠地被罚上一大笔钱。'谁能想到，那个麻麻溜溜乐乐呵呵跑进法庭的是谁？是我们的邻居，那个被我父亲撞倒的！她抓起我父亲的手，简直亲个没够！她感谢他做了件大好事，让她又能扔掉拐杖走路了。'假如您在三十年前撞了我，'她说，'我肯定能找个丈夫结婚呢'。"

"这么说，你有个好父亲啊。"鬈头发的男人说。

"可不是!"女孩说着,笑起来。她又伸出手去,但不巧的是,这时车刚好经过一个弯道,太阳从车厢窗户这边跑到另一边的走道窗户那儿去了。

"太阳下山了。"她说。

乘客们彼此对视了一眼,都点点头。

"您的父亲是干什么的?"她把手放在讲故事的那个鬈发的人的膝盖上问他。

"他十五年前就已经退休了,因为他有一颗全欧洲最大的心脏。他的心脏有一个水桶那么大,就在他的胸腔的正中间。"

"这可厉害啦。"秃头的男人说。

"哇,太棒了。"薇杜卡叫道。

"我就说嘛,"鬈发的男人继续讲道,"我父亲和大学签了一份协议:等他死了之后,他们就把他的心脏拿走。曾经有几个外国人来,答应给他一笔巨款,可他是一个真正的爱国主义者。无论给他多少钱,他都不会把心脏给他们的。协议不允许我父亲游泳或是乘飞机,甚至连坐特快列车都不行。"

"我知道为什么。"女孩大声回答,"这样他的心脏就不会爆炸,也不会被弄丢了,对不对?"她寻摸到鬈发男人的手,轻轻捏了一下,"您父亲和我父亲都一样了不起。"

"你说得对,"他说,脸上的神情似乎很有些害羞的样子,"有时候我陪他一起去大学,他们先脱掉他所有的衣服,然后在他身上画满蓝色红色的线条。"

"对的对的，"薇杜卡急迫地说，"因为红色代表动脉，蓝色代表静脉。"

"确实是这样的。"男人说着把自己的手轻轻地盖在她的手上。

"然后他们把他带进一个很大的房间，好多学生拥过来，围在他旁边，俯下身子看他。那位教授在他的身上指指点点，给学生解释着，就好像他是一张地图。接下来他把一个学生的心脏连到扩音器上，那声音听起来就好像是孩子的小鼓咚咚咚地敲，又像是一个士兵在营房的走道里练习正步走。然后，等他们再把我父亲的心脏连上……"

"那一定就像是从远处传来的雷声滚滚，"女孩激动地说，"就好像山崩地裂。就好像好几吨土豆，一下子倒进了地窖。就好像艾米尔·吉列尔斯在钢琴上演奏，那么雄浑有力。"

"你说得一点儿也没错。"那个鬈发的男人惊讶极了，他松了松自己的领口。

"你们都不知道我有多么开心，在这遇见你们，"她郑重地说，"知道还有人的父亲也这么了不起，真是太好了。"

列车继续行驶，正与一条柏油马路平行。一块广告牌在车窗外闪过，上面画着一颗巨大的蓝色心脏，两股水流从中喷涌而出。文字写道：为了您的心脏，来享受我们波杰布拉迪温泉吧。

一种说不清的神秘感，顿时弥漫了整个车厢。

"那个大学的教授简直都等不及想用手术刀伸到这颗不同寻常的心脏里去看看。"

"当然不行啦，"女孩说，"现在还有一个捷克人的心脏将会变得大名鼎鼎。"

"还有谁能比得过你的父亲，"那个秃头男人说着取下他的箱子。

"哦，那是绝对的，"她说，"不过你们得先看见我父亲才能相信他。你们应该看看他跳舞的，"她拍着手大声讲。"每次我们准备跳舞的时候，总是会有很多人围过来。我父亲的独唱也棒极了。有一次他塞给乐队队长一张钞票，正准备要开始唱他最拿手的歌，一个警察过来说他不能唱。唉，你们知道的，事情总是越闹越大。我父亲一拳打过去，正好打到了他的鼻子。对，有一件事我得先告诉你们，这个警察长着个鹰钩鼻子。噢，我的天呐，当时可是血淋淋的。而我父亲继续开始他的表演。这可好，所有的邻居都开心得不得了。'老家伙克里斯塔这次可玩完了。'他们互相转告说。可等到四个月后开庭的那一天。那位英俊的警察赌咒发誓说是他自己乞求我父亲，给他的鼻子来上一拳的。他对我父亲无以为报，只有由衷地感激。哎呀，在那之前，他的鼻子是往右边歪的，可现在我父亲的一拳把他的鼻子整得可端正笔挺了，一位有钱的农场主的千金马上和他坠入爱河，共结连理了呢。每年夏天他们给我父亲送来的不是感谢信，而是一大盘子糕饼点心。每到冬天他们屠宰的时候，还会送来一些新鲜的猪肉。"

"哈，谁会想到一拳打在鼻子上，倒成就了一个幸福家庭呢?"秃头男子若有所思，穿上了他的外套。

"您的父亲又是干什么的?"薇杜卡问他。

"他已经去了一个更好的世界，"他说，"他是一个好父亲，好到我现在才认识到——现在他已经走了——他的好。他总是上夜班。每天早上，听见'嘎吱'大门响的声音，妈妈就去给他倒滚烫的洗脸水。父亲就会把他得的那一份留在院子·里。"

"那一份什么?"她问。

"矿工们每天带回家的那一份煤炭，用一个特别大的口袋装着，口袋就缝在他们的外套里面。接着他就会走上楼来，脱掉他的衣服。妈妈已经把咖啡壶烧上了，他洗洗手脸，坐下来吃他的面包，用咖啡把它们全冲下肚。他吃喝的时候一边脱掉脚上的靴子，换上他的好鞋子，打扮得整整齐齐。他总是能够在喝完咖啡的那一瞬间，戴好帽子。然后就去蓝色星星酒馆，去和那些男孩们打扑克。到了中午，我给他把午餐送去，他就边吃边玩牌。下午4点，他回到家里，往地板上一躺——我这把老骨头也该松一松了——他总是这么说的。等他睡醒了觉，就又要回到矿上去了。可是有一天，妈妈倒好了热水……"

列车渐渐慢了下来，秃头男人把手递给薇杜卡。"孩子，祝你好运，我要在这里下车了。"他说着向外面的过道走去。

车停了。

薇杜卡用手沿着窗子摸啊摸，终于找到了窗户把手。她往下拉开车窗，对着外面乡村小站的月台大声喊道："先生，先生！请您告诉我后来怎么样了？告诉我究竟是出什么事了？"

秃头男人走到窗子边，继续讲他的故事。"妈妈倒好了洗脸水，可父亲一直没有进来。等到水都已经凉了，妈妈出去找他。就在门口，她绊了一跤，是父亲的烟斗。"

车开始发动了，那个秃头的男人一路小跑追着车。"妈妈捡起烟斗，眼泪立刻哗啦啦就流了出来。她围上她的大披肩跑到了矿上……父亲是被一块大石头给砸死了……他的朋友来过，来送信，可他们实在开不了口……所以把父亲的烟斗靠门放着就跑了……告诉你，我从来没见过我妈妈睡着的样子……我起床的时候她早已起来了……等我去睡觉了……她还在缝缝补补……直到后来……我才看见她睡着了……"终于，他停下步子，深深地吸了一口气。

"请您原谅我，先生。先生，请您一定要原谅我，我还有父亲！原谅我，先生。原谅我！"薇杜卡冲他不停大声说着。

短暂的沉默之后，那个受托的男人开口了，"我的父亲是一个制革工人，他得了一种医生说的'枯萎病'。一年年过去，他的腿被一截截锯短，到了最后他只能成天坐在一个小小的推车里。他喜欢种玫瑰。玫瑰开满了整个皮革厂的围墙。香水玫瑰，黄色的。父亲能准确地说出花儿有多少朵。只有他才能够剪下那些花儿。他的花儿只会剪下来送给教堂和少女。一天，他们要穿过我们的围墙修一条马路，这些香水玫瑰就这样全部被拔掉了。父亲想自己的生命也要被如此连根拔掉了，直到后来父亲又找到了一个新的爱好。他坐着他的小推车出去，到这条路上一个特别危险的弯道去指挥交通。最开始，他是用他的双手指挥，后来换成了一面小旗。从早上一直到晚上，雨天也是。我不得不在他的小车上绑了一把伞。他就这样干了 8 年，他去世后，有几百辆卡车来参加他的葬礼，他曾站着的那个弯道布满了鲜花。有这么高！"

"有多高？"薇杜卡追问。

"这么高，"他说，托着女孩的手举到一个正确的高度，"那里又开始事故不断了，人们就在那里竖起了两面大镜子。"

"哇噢，您也有一个了不起的父亲，"她说，"一个变成了一面镜子的父亲。变成了两面镜子！"

乘客们先是彼此对视了一眼，然后都将目光投向了窗外。列车正好驶入一个小镇，那里恰恰竖着两面圆镜子，就像一副巨型夹鼻眼镜，反射出一个此前难以看见的拐角。

一种难以言说的神秘感顿时弥漫了整个车厢。

负责护送女孩的那位乘客清了清嗓子说，"你的父亲刚才在站台上看起来挺瘦的。"

"你应该在一年前看见他的。圆得像个奶油球。心肌脂肪变性啦，肝啦，胃啦，肾啦，各种毛病全都有。妈妈说都是因为生活不规律。医生要求他节制饮食，但父亲控制不住自己，他就喜欢吃。有一天，卖草药的女人建议他说，要想拥有坚强的意志，唯一的办法就是找个警察对他大肆羞辱一番。嘿，这样做还真管用！他们把他带到了警察局，他们做了笔录，记下父亲说过的话，父亲签上自己的大名，被判了六个月。他的对头们简直欣喜若狂！'感谢上帝，我们总算是可以清静上一阵子了。'他们说。可等到父亲出来，他瘦成了一根竹竿，他做的第一件事就是在花冠饭店开了个新闻发布会，请所有人喝酒。他说，'告诉你们吧，哪里的节食食谱都不如监狱里的更有效。我现在不仅变得精力充沛，还额外赚了 2000 克朗呢。'他给每个人看他的外套现在穿在身上显得有多宽松。那些腆着啤酒肚的邻居们没法子不承认眼前这个人和过去的老头克里斯塔的确判若两人……对了，恕我冒昧，你们为什么不来参加一次我们家的周四舞会呢？我们将会跳得那么轻快美妙！"

"舞会？"鬈发男子问，一副颇感意外的神情。

"怎么不行？我已经成年了，不是吗？不过得在两个月后，行吗？医生告诉我，等我一满十六岁，他就给我动手术，就定在这个星期！很快我也有机会看到这个漂亮的世界了。我会看见各种人，事，乡村，还有我自己做的活儿。我确信我编的那些篮子都非常漂亮！我确信整个世界都非常漂亮！"

"你确信？"那个带她上车的男人脸上挤出一丝微笑。

"哦，当然啦！毫无疑问的呀！"她快活地说，"有一个和我一起干活的人，在来之前谈过一次很不幸的恋爱。他非常不开心，常常拿一支擦不掉的铅笔在自己的眼睑底下乱画。最后医生对他说，'看这里，'他说，'如果你再这样一次，你就再也无法看见这个了不起的，广大的，漂亮的世界了！'可那个人回答说：'这个了不起的，广大的，漂亮的世界和我，已经没有什么关系了。'回来后，他又开始用那支擦不掉的铅笔在自己的眼睑底下乱画。现在，他和我在一处编篮子，他真的会哀嚎自己多么想念这个世界……这个世界毫无疑问是漂亮的，就和您那位已经变成两面镜子的父亲一样漂亮。啊！两个月后我就能看见了！您能答应我来和我一起跳舞吗？"

门开了。

"请出示车票。"一个年轻的乘务员说，兴味索然地打了一个呵欠。

布拉格的圣诞节

      长在那个犹太教堂院子里的槐树，夏天开起花来就像雪花飘落。从早上开始，雪一直落得很厚。篱笆另一边，一个女人正用锤子用力捶打一个装橙子的木箱，她把木板一块块堆放在一个婴儿推车上。教堂的另一边，一度是被那些业余演员废弃的各种道具布景的墓地——涂满各种下流图画的维纳斯石膏像，一截不知通往何处的楼梯，破了的镜子，沙发的弹簧，还有细刨花。雨雪冰霜在这里大显身手，最底下的那一层垃圾已经开始回归大地，变成了腐殖质，随处可见生了锈的钉子或是玻璃碴。到处都会有什么意想不到的东西从这一堆废品中冒出来，只要添上一点儿想象，看起来就会非常像某样东西。舞台工作人员出来撒尿的时候，惯常是先做一番饶有兴致的猜测，继以热情不休的争论，最后各自拿出证据来证明这件废物原来是

《阿尔丁森林》里用过的一截树枝，那件的确是《温莎的风流娘儿们》里卧床的床头板。几乎所有的窗玻璃都被附近的男孩们用弹弓打破了，因此槐树的树枝一点点伸进了教堂，而那些废弃的旧道具则渐渐向外张望。

不过，一年中最美的时候还是圣诞前夕。每年，正如此时，人们会到这儿来选购他们的圣诞树。松树和冷杉，看起来就像一片真正的林子，人们会挑出一棵，将它砍倒在地，松开所有的枝条，仔细瞧瞧树型是否自然完美，或者还需要添加一两根枝条使其更加丰满。今天从一早开始一直在下雪，整个院子弥漫着松针浓郁的芳香。

还没到教堂，舞台经理就开始了他的长篇大论。"人最了不起的啊，弥尔顿，就是有一个好的记性。等到记性没过去管用了的时候，你就得学会用图或者备忘簿再加上卷尺。"

"我也有同感，"弥尔顿说，"问题是上帝恐怕没打算让我用卷尺。我好像整天都稀里糊涂的。"

"不会吧?"

"是啊。回家的路上，我总是心神不宁，非得一直走到我们这条街上都没看见消防车，我家也没有被烧成一堆废墟，我才能松口气。我要走上楼梯，没看见水流成河，才敢确定我真没忘记关水龙头。即便如此，我还是不能彻底放松下来，除非亲眼瞧见我家的收音机没有着火，家里也没有闻到煤气的味道。"

"嗯，我的记性很糟糕。当我觉得脑瓜子完全不行的时候，我就把每一样事都记下来。不然，要那些备忘簿干什么？"

"您说得都对，可我总是把我的备忘簿搞丢。"

"别说了，弥尔顿，说点别的吧。我相信你的记性肯定和我一样好。你这么说就是想骗我对不对。现在，把钥匙给我。"

"什么钥匙？"

"我昨天给你的那几把。小教堂的。"

"我没有。"

"弥尔顿，钥匙交给我。"

"可我昨天就交还给你了。"

"给了吗？那钥匙一定还在剧院那边。"

"在你的抽屉里。"

"那好，就在这儿等我。哪儿都不要去，我可不想回头又要找你。"

"嘿！那不是在你的口袋里吗？"

"噢，还真在！"他眉开眼笑地把手伸进口袋。他走上台阶，用钥匙打开一扇很高的铁门，门上面铁锈和真菌斑驳纵横，如一幅动荡变幻的暴风云图。

门开了，一些绿色的灰泥从屋顶上渗出来。两个男人走进屋，他们可以清楚地看到自己吐纳的呼吸在空气中纤毫毕露。沿着蜿蜒的楼梯，他们跑上阳台，那里存放着些家具，全都是已经从保留节目单上删除掉的剧目的。尘埃使得一切显得既雄伟壮丽又神秘莫测。

"今天我们要核对存货。注意看我写记号的地方。"

"为什么？"弥尔顿紧张地问。

"为什么？要是我死了呢？突然病了呢？明白吗？每一件家具都配有一幅图，不是很美吗？"

"既然你这么说，就是吧。"弥尔顿说着，提起一台缝纫机。

"那是《他们偷走布拉格的那一天》里的。顺便问一下，弥尔顿，谁给你想出这么好的名字？"

"我母亲，"弥尔顿用下颌示意自己的腹部说，"当我还在我母亲这里的时候，她拿起一本叫作《失乐园》的书，做了个决定。如果是个男孩，就叫弥尔顿。这台缝纫机是22号。"

"核对无误。这是它的图片。还有这里——万一我出了什么状况——你就在这里用红笔打个钩表示已核对。你看过这本书吗？"

"没。"

"真遗憾。或许是你母亲坠入了失乐园。"

"可能是吧——当她怀着我的时候。我不太喜欢阅读。"

"挺遗憾。我说，来剧院之前你是干什么的？"

"分拣草药。"

"不干了？"

"我开始分辨不出气味了，我的嗅觉因为闻得太多已经被毁了。"

"就因为这个不干了？"

"这是部分原因。还有部分是因为我的生活总是晚上一个季节。菩提树开花的时候，他们会给我带来晒干的金罂粟和稠李。直到毛蕊花开始盛开，他们才给我带来菩提树花。样样都落后一个季节……你知道他们把清单号写在桌上什么地方吗？一条桌子腿上！"

"怎么可能！"舞台经理大声说，几乎从他的座位上跳了起来。

"不信您自己看看去。"

"你什么都不懂！《无名的星星》，"这位经理怒容满面地给弥尔顿展示了他的备忘簿上的图片，然后用红笔标了个已核对的记号，"这里很冷，是不是？"说着他走到破了的窗子前，把手伸了出去，在暴雪中取暖。

"您的记忆力真好。"弥尔顿钦佩地说。

"只是熟练罢了。等你在剧院里干的年头像我这么长了，你也能够随随便便捡起一片废物就立马知道它是在哪里，什么时候，哪部剧里用过的了。我不想尽说些好听的让你高兴，弥尔顿，你可得努力，好好培养一下和这些家具的感情。需要的仅仅就是一点努力。你不想快人一步吗？"

"我一直都是这样。在任何事情上都落后一个季节。别人早都是新发型了，我还在涂发油，把头发梳下来中分。他们都穿着紧身裤和夹克衫了，我还整天就是大裤腿加垫肩。别人是骑着摩托车出去兜风，我呢，在田野里靠两只脚走来走去，像个傻子似的摘矢车菊。他们早几年前就结婚了，而我到最近才终于恋爱结婚。"

"这么说你结婚了？"

"呃。这把铁椅子是 220 号。"

"《萨特里厄斯先生的房子》。先别管了，过来暖暖手吧。外面真的暖和多了。她是个好妻子吧？"

"她是个迷路的天使。她的父母之前非常富有。她家的老房子现在成了一个教堂。特鲁达和我曾经去那儿看过。那是个星期天。人们拾级而上。走进室内，那是她曾经居住过的地方，有一架风琴正在演奏音乐，人们唱着'靠近我们的救世主。'特鲁达背靠白色的篱笆站着，脸上带着笑容，在我耳边悄声说：'过去只有我们五个人住在这里，现在你看有多少人。'感觉挺好，真的挺好。"

"真的吗？"

"一点也不假。我们还有一次去山里旅行，她父母以前在那儿有一座消暑的别墅。我们也是站在篱笆那儿。三十个小孩子摇摇摆摆从门里走出来，他们的老师在他们面前坐下，给他们念一本童话书。特鲁达告诉我，她说：'这感觉太奇妙了。过去只有我们五个人住在这里，现在，有三十个孩子呢。弥尔顿，我现在比过去富有得多。教堂，人们可以来这里唱歌，托儿所，孩子们可以听童话故事——这些都让我的内心感觉如此幸福，弥尔顿。'我们接着干活吧？"

"等一等。很高兴你开始对这些家具产生了兴趣，但我想先跟你说说我的房子的故事。二十五年前我就打定主意要在我拥有的一块地上自己盖一个临时的房子。所以我去找当局报备。我告诉了他们我的打算，一个官员说：'你不能在那片地上建任何房子。马上会修一条高速公路，正好就要穿过那里。'那么，我就对他说了：'如果我要继续呢？'他对我说：'你会被关进监狱。''多久？'我问。'六个月。'他回答我。行啊，我很快想了一下，戴上帽子，说：'就这么说定了！'那个家伙跟在我身后追出来喊：'我们会把它夷为平地的。'"他的声音穿过犹太教堂的破窗户，传到下面在那儿买圣诞树的人的耳边。有几个人抬起头来看，但他们并不能看见窗户里面，因为雪落得很密很密。

经理意犹未尽仔细咂摸着自己的回忆，仿佛一切都是眼下的事，然后才接着问："你妻子是干什么的？"

"她是一个橱窗设计师。她总是比自己提早一个季节。当别人还全身臃肿裹着冬装的时候，特鲁达已经开始用绿色的嫩树枝，金色的阳光精心装扮她的橱窗，她的模特儿也换上了春装。

当人们还在春天刚刚融化的雪泥中举步维艰的时候，我妻子的橱窗里已经摆满了泳衣和夏日装备，还打上'今年你准备上哪儿度假'的主题。等到特鲁达和我抽得空去伏尔塔瓦河游泳的时候，她又着手准备起彩色树叶来，忙着给假人套上帆布外套和粗花呢套装了。"

"弥尔顿！这绝对是你在哪儿读到过的小说情节吧！"

"不，真没有。您瞧要不这样吧。明天您可以亲自去看看。您会在恰佩克的橱窗展示上看见她。她会穿着绒裤、毛夹克、滑雪靴，还有一顶俄罗斯帽子。她的脸颊冻得通红发亮，可她展示的却是尼龙内衣和晚礼服。因为对特鲁达来说，现在是一月，要不就是二月。她曾经告诉过我，当她还是个小女孩的时候，其他所有小女孩都在玩她们的布偶娃娃，而她已经在梦想自己的第一个男朋友了。和第一个男朋友在一起时，她已经想象有了自己的孩子了。总是比自己提早一个季节——这就是我的妻子。与众不同，是不是？"

"弥尔顿，我们接着清点家具吧。不过，为了让你对将要相处的人多少有些了解，我还是先把我的故事讲完。我的房子造好了，我在给篱笆干点收尾的活儿，有人来了，除了土地局的朋友还能是谁？'我来这儿是通知你，我们要把你的房子推倒。'虽说我听了个一清二楚，但我想还是应该给他一个机会改变想法，于是我问：'你在说什么？'接着他重复了一遍要把我的房子推倒的话，他说的时候，我抄起一把斧子大喝一声：'你给我再说一遍!'这时，他开始一步步往后退，两只手伸着挡在面前，眼睛盯着我的斧子，又盯着我，嘴里乱叫起来：'你这是要干什么?'很快，他一只手探到背后去摸门栓，最后他说：'我们不推倒你的房子了。'迅速打开门消失得无影无踪了。"舞台经理双手叉腰，两脚分得很开，站在他的阳台上得意地宣布说："那房子到今天也还是好好地在那里。"

"您做得绝对没错。不管怎么说，这房子是您自己建造的。"弥尔顿说着，取下一个大柳条筐子。

"可不就是这样。如果有谁胆敢夺走我的房子，我就要把他们统统踩个稀烂。"

"噢，我相信您会……天哪，这篮子可真沉!"弥尔顿说，他吃力地用膝盖帮忙把筐挪到了一个箱子上。

"约翰·法斯塔夫爵士。《温莎的风流娘儿们》。"

"106 号。"

"我把它记下来……没错，图片在这儿……弥尔顿。有件事我想告诉你。你先停下来听我说。我们已经决定由你负责家具!所有这些都归你了。每一样东西的钥匙全都归你了。"舞台经理大手一挥，指着所有这些又软又亮的丝绸般的灰尘下的宝贝，兴致勃勃地说。

"的确是个好消息，"弥尔顿答道，"可要是在我手上着火了怎么办？"

"每次走进这里，我的心情也和你现在一样。但你也不用太担心。你不会拿火柴去点的。你是个非常谨慎负责的人。事实上，剧院里的每个人多少都有点不同于常人之处。不曾在半夜从床上跳起来的算个什么演员？难道你就从来没发现世界上最严重的灾难都是好人造成的吗？"

"我不是很清楚……"

"好吧，我告诉你，事实就是如此。你知道的，我们肯定做了某件特别糟糕的错事：从目录清单上来看，所有应该有的都在这里了。顺便问下，你看见我的红色铅笔没有？"说着他走到窗子那边，在十二月的暴风雪中暖和他的双手。

贝达先生最喜欢的一句话就是"我们莫不仰仗掘墓人的恩典"。贝达先生是分拣草药的，每天清晨六点刚一过，他就会到童贞玛利亚酒馆来，在招牌底下把他妻子给他买午餐的五个克朗全喝完。接着他就一张桌子一张桌子挨个兜售他的午后小点心，赚得的钱直接变成味道苦涩的白兰地。等这一切也全都下了肚，他高高兴兴地对人说："现在如果我已经爬上了树，就没有理由下来了。你问我为什么？因为，"他很快接着说，"我们莫不仰仗掘墓人的恩典。"说完这句话，他也就出去干活去了。

他坐在那里把春黄菊从车前草中挑出来的时候，满脑子想的都是该去找谁借点钱。和他一起干活的人全都拒绝再借任何东西给他。在这一片的酒吧里，他的信用实在是太糟糕了，所以中午休息的时候，他不得不坐上有轨电车，去一个没什么人认识他的地方去，才能叫上一杯喝的，一饮而尽，然后好说歹说让酒馆招待同意记账。"他还真是个人物哩，国家福利的好案例。"他的老板过去常这么评价，一半是为他这位员工解释，一半也是试图开脱自己。而贝达先生报复起他的老板来也绝不含糊，只要看见他坐在柜台前准备来上一口，他就会扯扯他朋友的袖子，示意他看那位上司，咬着耳根子说："看来今天的钱箱子又要空了！"

一天，贝达先生决定坐电车去看望过去和他一起分拣草药的朋友弥尔顿。他在剧院下了车，却没有进去，一直走到看见的第一家酒馆才停下来。

酒馆经理正要从厨房出来，他手里端着几份客人点的香肠，在包着厚厚的软垫的门跟前站住了，高声嚷道："敞开肚皮吃吧，吃的全是我的。你们这群乞丐……"说着他膝盖用力将门一撞，踩着华尔兹舞步走进餐厅。

"请慢用。"他把香肠送到之后对男人们说。这两个男人，前一天在他们所修理的锅炉下第一次点火成功，他们决定，既然锅炉终于鸣笛了，他们也就该循例把经理的话当作一个好兆头——润润嗓子，于是给他们自己叫了两杯酒，接着又补充道：

"再来一杯，给那边那个家伙。"

"即刻奉上，即刻奉上。"经理一字一顿小心翼翼地答应着。可一回到厨房，听见他们唱歌的声音透过紧闭着的门依然传过来，他大叫起来："你们就是把肺喊破，也与我无关，可为什么总是我花钱？还要请一个压根就不认识的人喝酒。"他往地板上吐了口唾沫，冲着那扇门比画着自己的拳头。然后，他掏出钱包，从里面翻出一张纸片，上面记着他们欠了他多少钱。他对着门的方向使劲儿地挥着手里的纸片，一边咆哮着："一共是7个克朗，还不知道什么时候是个头。你们觉得该谁付这个钱？嗯？"冲着门挥舞账单时，他的眼睛鼓得圆圆的几乎要掉出来。随后，他将脸上的皱纹一抹，带着亲切的笑容步态轻盈地再次走进餐厅。他特意驻足片刻，侧耳倾听歌声，赞叹说："多么动听的嗓音呐。"

一位裹着毛外套，戴着帽子，一直坐在炉子旁边的邮差回答说："就像还没挤奶的母牛叫。"他手指蓝色的邮车，又加上一句，"你知道的，我们以后就没有这些了。邮局已经停止接受超过35磅重的包裹了。"

"早已不是什么新鲜事了，"贝达先生接过来说。他远远朝那两位锅炉工做了个碰杯的姿势，"你们马上都会被女人取代。"

"的确如此。"邮差说，闭上了他的眼睛。

"如果他们卖掉了你们的马，你们怎么办？"

"一丁点办法都没有。"

"那我来告诉你。他们会让一个女人坐在司机座上，由两个男人代替一匹马。"

"你给我闭嘴！想都别想。"邮差一边说，一边往地上啐了口唾沫。

"那行啊，你想干什么？"贝达先生一副洗耳恭听的样子。

"得是有尊严的。"邮差回答说。

"哦，我听说那些被解雇的邮差就只能到处游荡，到铁路上去捡捡垃圾，到公园去打打麻雀什么的。"

"我也听说了，"经理插了句嘴，"不过你先告诉我，邮差在运送钱款的时候身上带着有枪，这是真的吗？"

"简直是异想天开！"

"请稍等，"经理对邮差一挥手反驳道，"就在邮政总局，别人告诉我，如果一个邮差在运送钱款时遭到了袭击，那他就应该开枪自杀，不让强盗活捉了他，这就是为什么他要带上手枪的缘故。难道不是这样的吗？"

"绝对没错，"贝达先生回答道，"事实上，甚至还有这么个说法，让邮差提供把酒鬼送到家门的公共服务。当然啦，仅限圣诞期间。"

"你居然想骗我？嗬哟，有什么消息当然是我最先知道！"邮差点着自己的鼻子说。

"哈！那我就跟你讲讲，我的最高上司是怎么说的！从明年开始，只要我在附近发现一个酒鬼，就在他脖子上挂一个标签，标签上写好他的名字和住址，一切万事大吉，我们的邮差先生就必须把他送到家。"

"你以为你这是在跟谁讲话？"邮差从椅子上站了起来说。

"请坐下，请坐下，老爹，"贝达先生尽力安抚，"在这件事上，您已经没什么可选择的了，因为您可是宣过誓了的哟。当然了，除非他们签收他。"

"嗯，如果他们签收了他……"邮差渐渐冷静下来。

这时，经理过来把桌布上所有的食物残渣全扫到了邮差的膝盖上，叹了一口气说："噢，这些可怜的、悲惨的邮差啊。哎哟，在布拉格的什么地方，当人们忘了按时去制鞋店取他们的鞋，邮政局长就会对他的手下说：'去，把这几袋子鞋送去，货到付款。'"

"我们不知道拿什么买下一顿吃的，还有现在这一顿！"

"好吧，可你想要什么？你认为他们会任由你整天想喝就喝？"经理惊愕地问。

"照现在这样子，你们这些布拉格的邮差过得挺不错的了，"贝达先生说，"唉，在乡下，不送信的时候，邮差就要出去喂流浪狗。可千万别以为这和防止虐待动物协会有一丁点关系。没有的，先生。这就是人们想要的。所以如果有谁有事想找邮差，那他只要到街上去看哪里有一群狗，邮差肯定就在附近。"

"噢，别，别说了。还是谈点别的吧，"经理说，"如果在布拉格也这样干，那我怎么才能不让那些狗到酒馆附近来？如果我是邮政局长，我要下一道命令，冬天，邮差可以把他们的马一直牵到至少走廊里来。把这么忠诚的动物扔在冰天雪地里太不公平了。"为了更好地说清楚马儿们可以一直被带到哪里，他展开两臂，却不小心打翻了邮差的啤酒。

"你就是存心的！"邮差愤怒地嚷起来，跳起身，用力地跺脚，将大腿上掉的那些碎屑抖落下来。

"你为什么不把衣服脱下来，把它弄干呢？"

"不，没有什么用。就这么一会儿什么用也没有。"

"对，对，你在这儿才只待了两个小时呢。"经理看了一眼窗外，一脸愁容。透过窗子，他瞥见一伙吉卜赛孩子正在餐馆对面墙根下的雪堆里画飞机和火箭船。"我一看见他们就来气。真是讨人厌啊。也不知道他们是从哪儿搞来的这些？他们画啊画啊，画到再高就够不着了的时候，他们就弄把椅子过来，然后又开始接着画。夏天？他们会把餐馆前面的人行道全画满。你可千万别以为天黑他们会住手。不会的，先生。他们会趴在地上，在路灯底下一点一点画啊，画啊，画。"

"可他们还是孩子，"一个一直坐在角落里的挖煤工说，"你该去看看那些老人，那些拿退休金的。如果天黑了，一局扑克牌还没结束，他们就把整张桌子搬到路灯底下去，继续打。假如他们是在玩跳棋，就把棋盘挂到灯下的墙上，一步都不会错。"此时他站起身来，人们第一眼看到的就是他身上系着皮围裙，两只眼睛周围一圈都是煤烟的痕迹。他站在那里低头盯着自己的双手看了好一会儿，终于开口说："每次想到我这三十年来放了多少煤炭到煤筐里头，我就想，要是把那些井梯一架一架全连起来，我肯定都得爬到月亮上去了。"不过他马上又有了一个更好的主意。"不，不到月亮上去，即使背着我的煤筐，我也可以在彩虹上轻轻松松地散步哩。结账。"

"我也是。"邮差说。

出门时，这位挖煤工极其真诚地握着经理的手告别，以至于经理的结婚戒指在手指上压出了一个深深的印迹。但这丝毫没有妨碍经理哈哈笑着并鞠躬致敬——直到他跑回到厨房后，看了一眼手指，用力地甩了甩手，冲着门大喊道："你们给我当心点！对于我来说，你们可太嫩了点！"接着，他重又走进酒吧，脚踝优雅地一钩，将身后的门带上了。正在这时，前门开了，走进来的是剧院的舞台管理弥尔顿，他几乎已经冻僵了。

"欢迎，弥尔顿，欢迎！"贝达先生大声招呼，向他热情地伸出手去，"先生们，这是我的朋友弥尔顿。我俩过去在一起工作。"

"唔……"舞台管理叹息道。

贝达先生拍了拍他的朋友，伸手细细地摸了摸他的外套袖子，说："这夹克挺漂亮。英国料子。现在的裁缝都不做这样的了。"说完拍拍他的背，又捏捏他的肩，得意地宣布说："如果你挨上他的一拳，你会疑心自己是被马踢了呢。好好干吧，弥尔顿。练练摔跤。不管是对谁，使出你的纳尔逊擒拿法，绝对会让他的肩膀无法动弹。即使是我，也挣脱不了。还有那些腿法！我从来没见过这样的。弥尔顿，你为什么不至少去玩玩足球？你比现在的这些前锋强太多！今天我请客。老板！两杯白兰地，记在我的账上。你知道的，弥尔顿，那天我和一位大人物说着话呢，他问我我们这儿最好的工人是谁，你猜我说什么来着？"

"不知道。"弥尔顿压低了声音回答道。

"那好，我告诉你。我说是你，弥尔顿。就是你！"接着，仿佛外面有什么东西吸引了他的目光，他靠在窗台上，开始观察起外面落雪的情景来。过了一会儿，他才坐回到椅子上，问他的朋友："我说，我看起来怎么样？"

"很好，非常好。"弥尔顿面带笑意看着贝达先生的眼睛说，他看见那里闪着两团小小的紧张的火苗，这是他从来无法拒绝的。他把手伸进口袋里，最后一张 10 克朗的钞票被他揉得皱烂，他将手伸向他的朋友。贝达先生接过，敏捷娴熟地塞进了自己的口袋。

"假期快要到了……"他颇不好意思地嗫嚅着，先喝光了自己面前的酒，在得到允许后，又喝光了弥尔顿的，"嗯，我现在要走了……"

"我来付。"弥尔顿指指自己说。

"是记在您的账上吗?"招待问。

"是的，谢谢。"弥尔顿点点头。

贝达先生抓起招待肥乎乎的手，握在自己手里，开始了他的如下长篇大论。"你这儿经营得不错，我是不会忘记这里的。每个酒吧都会有人说出些绝妙好句。在平卡斯，一个对着自己的啤酒杯哭哭啼啼的家伙说过，'真正的教育就意味着自我毁灭!'——在金虎，一位法官说：'你不可能用粪便编出一条九尾鞭，即使你能够，也不可能把它折断。'——在科尔喀维卡，一个风琴演奏者说过，'一个真正的男人，总是难免有过一次不太严重的宿醉，一次小小的伤风，一点点牛尿的味道。'——在两个祖母酒吧，一个戴着眼镜的学生说：'所谓现代艺术，就是一粒被感染了的玉米粒尖，它的核心就是一颗被真菌侵染的大麦籽粒。'——在洛兹科斯利，一个小售票员说：'自卑是人类最大的荣耀。'——在金手掌，一个戴单片眼镜的男人坦言：'我说出的任何话，我立马会进行反驳。'——在提恰克，一个看门人的妻子说：'脏话是用来阻止肮脏行为的祈祷词。'——在白羊酒吧，一位女招待说：'布拉格有这么多人，可为什么我如此孤独?'——在天使酒馆，一个送奶工预言：'现代人类将开始行走。'——在圣弗洛克，一个女孩宣称：'一次深刻的体验抵得过大学里一整个图书馆。'确实有意思，不是吗？每天，每个酒吧，都有人在说出这样的话。"

"那您今天从这儿收获到了什么呢?"经理问，他的手还被紧紧地攥在贝达先生的手里。

"我永远不会忘记你这儿那个挖煤工说的，如果把他走过的所有的梯子全都连起来，他都可以背着他的煤筐爬到月亮上去了。好吧，我得走了。"

于是，他两眼满含着泪水说了声再会。

等他离开后，经理朝窗边走去，说："有意思的家伙，难道你们不觉得吗?"

莱斯柯尼斯科夫从观众中站了出来，他把手放在自己心脏的地方，说："我今天有件大事要干。"说完，他走进了霍洛亚大街上那座房子的院子里，那里住着当铺老板，放高利贷的卡特琳娜伊万诺夫娜。

班杜塞科走过来，在旁边坐下的时候，弥尔顿正坐在舞台侧面索尼娅的床上。班杜塞科是另一位舞台管理。为了不让自己有空去想那些令他烦恼的念头，班杜塞科开始给弥尔顿讲起了故事——很低的声音。"那一年，就是这个时候，恰恰就在圣诞节前，我记得清清楚楚，就像是昨天才发生的事。我们正在给一个自杀者做尸检。我们团的军医把手洗干净后对我说：'班杜塞科，这个袋子里面的是列兵菲卡尔的心脏。小心点儿，这是一个非常宝贵的标本。我要你给我把它送到某某医院的伊拉塞克教授那儿去。'于是我脚跟一碰，'遵命，先生！'就出发了。那颗心脏装在一个面粉袋子里，大概有，嗯——大概有一个婴儿的头那么大。到了医院，我问门卫能否让我进去见伊拉塞克教授。他告诉我说教授还没来呢，于是我就到下面的黑莓酒吧去喝杯啤酒。"

一个电工，刚刚修好了桥上一个耀眼的聚光灯，从梯子上下来，从床边走过时，用极低的声音说："你已别无选择！"

"别担心，"班杜塞科说，继续讲他的故事，"喝酒的时候，我在那儿遇见了一个叫朱尔达的金发男人，他的前额凹下去了一块。他告诉我，那是因为冰箱的压缩机爆炸了，当时他的情况非常严重，他们决定给他行临终者涂油礼。'兄弟，我醒来时就躺在那家医院里，'他告诉我，'房间四处都点上了蜡烛，一群长着翅膀的脑袋俯下身来看我。我过了好一会儿才明白过来，她们是来给我做祈祷的修女。于是我说了：'我他妈的到底在哪儿？'那些修女赶紧去找主任医师，主任医师就派人去请了伊拉塞克教授，他们两个一起站在我的床边。主任医师说：'伊拉塞克教授，这家伙醒过来了。'但伊拉塞克教授说：'还没呢，还是和来的时候一样，活不了了。他要什么就给他什么吧。'所以我死里逃生后做的第一件事就是要了一瓶科纳克干邑白兰地！他们给我拿来的时候，我一气不歇喝完了，一，二，三，又失去了知觉。第二天早上一醒，我就告诉他们说，我不介意再来一瓶。再接着的一天，我喝了第三瓶。到那个时候，我已经开始恢复了。为此伊拉塞克教授给我打了次电话，又来看了我的头，他说：'哎呀，真没想到！已经在吸收了。继续给他科纳克。'呃，喝到第三十瓶时，我站了起来。多亏了伊拉塞克教授的金手指！这就是朱尔达给我讲的故事。于是我就告诉他：'朱尔达，现在轮到你听我讲了。'我告诉他我带着列兵菲卡尔的心脏等着见伊拉塞克教授，菲卡尔是因为一次不愉快的恋爱事件开枪自杀，子弹穿过了头部。我可真不该告诉他的，后来他不停地缠着我，让我给他看看那颗心脏是不是真的破成了两半。我告诉他说：'听着，朱尔达，我这可是公事。不能给你看。''好吧，至少你可以让我提着袋子吧。'他嘟囔个不停，因为他已经决定要和我一起去见伊拉塞克教授，并对他再次致谢，感谢他的金手指给他指点了活路。于是我们俩为了伊拉塞克教授的健康每人干了三杯科纳克。"

此刻，莱斯柯尼斯科夫已经离开了当铺，他自言自语道："第一步，人最害怕的就是这第一步，第一步……第一步……"

舞台渐渐暗了下来，一张棕色的网从顶上的缆具工作台降下，舞台工作人员们开始静默地四处走动着布置场景，一盏煤油灯沿着缆绳滑了下来，负责道具的人的那颗绿脑袋突然从黑色天鹅绒的背景幕布后面冒了出来，那颗脑袋低声说："斧子呢？谁看见一把斧子没有？咳，我可刚刚才心脏病康复呢。这可怎么办？"然后，正如它突如其来地出现，那颗脑袋又悄无声息地隐入了深紫色的黑暗之中。

当舞台灯光再次亮起的时候，名誉议员马尔梅拉多夫抓起瓶子说："先生们，我是一个公务员。"

班杜塞科双手在膝盖底下交互握着，继续讲："走之前，我们又一起喝了一杯，朱尔达已经开始遐想把医院的事情办完后就带我去见他的妻子。'她非常爱我，'朱尔达说，'每次我带朋友回家，她都把家里收拾得漂漂亮亮的，跑出去买小牛排，还给我做我最喜欢的蛋糕。嘿，医院又不会长腿跑了，干吗不在斯多墨克停一停再来一杯呢，如果正巧那儿没别人，我就可以往袋子里偷偷看一眼。'于是，我们就不慌不忙地去了。朱尔达一直把耳朵往袋子跟前凑，还使劲摇晃，仿佛里面装着的是个闹钟或是别的什么似的。我告诉他这样做毫无意义，因为那颗心脏已经像石头那么冷了。但他坚持说，那颗心脏里一定还有心脏主人为之而自杀的那个女孩的残迹存在。如果我们把它切开，绝对可以找到女孩的照片……"

"因此，我的女儿喜欢到大街上去，我喝醉了就躺在那里。"名誉议员马尔梅拉多夫对莱斯柯尼斯科夫说，他举起自己的手放在心脏的位置。

"弥尔顿，"班杜塞科清清喉咙说，"你觉得伊希拉瓦能赢得今天的比赛吗？"

"杜克拉，不费吹灰之力。"

"我可在他们身上押了钱的。"舞台管理说。他开始全身冒汗。

"每个人都得找到属于自己的位置。"名誉议员马尔梅拉多夫很大声音地说。

舞台管理班杜塞科抬手抓了抓后脑袋，继续他的故事。"所以我们去了斯多墨克，要了两杯科纳克，刚一喝完，那儿的经理就过来问：'再来两杯？'我马上跳了起来说：'不，绝对不行。我们还得上医院去呢。'这次我们可得赶紧了。可等我们赶到，门口那些人告诉我们接下来的两个小时教授都将在手术室里。因此朱尔达的脑子里又开始冒出各种想象，我们如何去了他家，他的妻子又是如何正在装饰圣诞树，如何给我们做潘趣酒，又如何出去买肉，烤蛋糕……嘿，这一幕快结束了。"班杜塞科站起身来。

莱斯柯尼斯科夫带着马尔梅拉多夫去喝酒，醉得不省人事。

灯光雪白，看起来很有几分骇人。接着舞台暗了，工作人员跑上来，用箱子和木桶之类的布置院子。

接下来的一幕中，聚光灯的光柱照亮了院子的一部分，但是是在消防检查员够不到的地方。消防检查员就坐在舞台的拱形入口的正后面，他已经睡着了。他靠在灯上，并一直保持着这个姿势，仿佛那灯对他有着极强的磁力，似乎一个小小的斑点落到他身上都会让他一个筋斗翻到舞台上去。

"我该把他叫醒吗？"弥尔顿问。

"就让他堕落吧。我们还可以找找乐子，"班杜塞科一挥手，"可那个家伙，"他又说，指了指负责道具的，"那边那个家伙马上就会非自然死亡了。"此时，他已经找到了他的橡皮斧子，正在角落等着，好在恰当的时机把它递给莱斯柯尼斯科夫。"你知道他马上会做什么吗？在第二幕里，他应该从幕布后面将一支点燃的蜡烛递给索尼娅。得，他一分钟前才发现自己忘了带火柴这码子事。'嘿，'他压低嗓门说，'谁带了火柴？'可是谁都没带，或者即便有谁带了，也不会递过去——不然，就看不到后面会发生什么了。等到索尼娅伸出手，他就往里面塞了根压根没点燃的蜡烛。索尼娅用另一只手护住火苗，因为剧本上就是这么写的呀，把蜡烛举到路过行人的脸上好看清楚他们是谁，可蜡烛压根儿就没有光亮。那个管道具的——到这个时候已经吓得弯下了腰，一边开溜一边唠叨，'简直就是灾难！简直就是灾难！噢，我的心脏！'演员们乐不可支笑个没完，这是自然了。也包括我。不过伊希拉瓦的比赛怎么样了？"

"杜克拉会取胜，"弥尔顿回答他，"当然，比赛只是一次比赛，而且，天气往往也是一个重要的因素。"

"什么？"

"天气。我昨天听见火车的声音了。这说明要变天了。"

"说得对。"

"我非常重视那些火车。我为什么不去看看呢？现在还来得及吗？"

"等等，"班杜塞科说，他透过天鹅绒上的一个洞往里瞅了一眼，说，"行，快去吧。莱斯柯尼斯科夫刚刚才把那位老小姐给捅了，正在桶里洗手呢。你还有的是时间。"

"那我去了。"弥尔顿说着，沿着舞台侧面，用手摸索着墙面一直走到了门口。

他打开门栓，把门推开一条缝。淡粉色的天空，空气柔润。马路对面二楼一间黑洞洞的公寓房里电视机的屏幕闪着光亮，像一轮大大的蓝色满月。从山的另一面交换场道口传来扩音器的声音，正在播送："36 号轨道……"

弥尔顿关好门，重新又坐回到床上。

班杜塞科无法忍受中间短暂的平静。"所以我们去了朱尔达家。确实，一个女人在那儿装饰着圣诞树，可她一看见我们，劈头盖脸就是一顿怒骂。'你不知道你都让我神经衰弱了吗？你把钱都弄哪儿去了？'接着她把目标对准了我。'看看你都对他做了些什么？你这个下流的暴徒！我要报警了！'我只得一把从朱尔达手中夺过心脏，赶紧逃了。这次我一到医院，就看见门卫冲我直摆手，示意我走开。显然，伊拉塞克教授已经离开了，而且今天也都不会再回医院了。我说，外面天色怎么样？弥尔顿？"

"你能听见火车的声音比以往更响。"

"下雨了？"

"那倒没有。"

"那就好。"舞台管理满腹哀怨地说。

后台弦乐突然响起，奏出一段热闹活泼的意大利歌剧的旋律。

"伊希拉瓦有室内体育场吗？"

"我不知道。"

"我要自己去瞅瞅天气。"他决定。

他沿着墙摸索着往前走，打开门，向外面红色夹杂着蓝色的夜空看了一眼。这时，下起了毛毛细雨，雪地都变成黄色的了。街对面的犹太教堂黑漆漆的，就像初春枫树的树干。在那堆圣诞树下，有一只叫西尔瓦的流浪狗，她是一只德国牧羊犬和伯纳德犬杂交的后代。西尔瓦离开她在门洞那儿的窝，顺着人行道一路小跑来到教堂门前。雪嘎吱嘎吱被踩在她的爪子底下。有人从门口伸出一只手来拍了拍狗，狗就又跑回到门洞那儿去了。清晨，最早的顾客去杂货店或肉店的路上，西尔瓦会紧紧跟在他们的脚边，等着售货员姑娘扔点剩下的边角残渣给她。她一家店铺挨着一家店铺，一直走到十字路口。她会在那里打个盹儿，到了下午再原路返回重来一遍，傍晚时分回到教堂。到现在她就这么过了十年了。有一次，她的身上生了个脓疮，沿街住着的人就把她送到威利博士那里去动了手术。班杜塞科看着她吃力地在雪地里跋涉，可能是要回到门洞那里去做做梦吧，在梦里，她的脖子上套着一个圆筒，她的梦里，还有冒雪的登山者。

他关上门走了回去。

"我相信我会过一个快乐的圣诞节的，"他说，"就像那年，我把那颗心脏又带回去给上校。'伊拉塞克教授不在，'我告诉他，'您的心脏交还给您。'可他刚刚往袋子里看了一眼，马上就叫了起来，'已经完全变质了，你这个白痴！'于是我又把它捡起来，送到锅炉房去，扔进了火里。不，伊希拉瓦没有室内体育场。我就记得。而且这样又是雪水又是泥泞的，杜克拉势必要输，我的 230 个克朗要飞了。"

索尼娅·马尔梅拉多夫，戴着一顶上面缀着人造樱桃，还有两个黄色辫子的草帽，对莱斯柯尼斯科夫行了个屈膝礼，恭敬有礼地问道："您会来参加葬礼吗？"

伊　曼

　　他还不太想回家，所以跟自己说得去哪里喝杯咖啡才好。天已经开始黑下来了，但他还是可以辨认出前面那个一瘸一拐的老迈背影是兹克瓦夫人。

　　"真是美丽的夜晚啊，对不对，夫人?"

　　"一边待着去，伊曼。"

　　但伊曼还不想放过她："您昨天去哪儿了，呃? 我刚打赌您是脚踩两只船背着我和那个扫烟囱的出去了。"

　　"是又怎么样，他人很好。"

　　"一个爱卖弄的家伙而已。"

　　"别在大庭广众之下惹人闲话了。伊曼，别人都认识我呢。"

　　"哈，您现在担心别人说闲话了。好吧，我就知道只要让您和那个扫烟囱的单独在一起待一分钟都会发生点什么。我都看见您对他抛媚眼了。"

"伊曼，别人都盯着我们了。"

"我还不知道？您立马就会投降，任由他摆布。"

"不，我不会。"

"哦，会的，您当然会。您全身发热，一心只想着那家伙年轻滚烫的肉体。"

"是又怎么样？"她兴致勃勃地问。

"那好吧，我本来计划就咱俩单独出去玩玩的，现在不带您去了。"

"嗬，你这个下流的小东西。"她掩饰不住满心的欢喜说。

"您，"伊曼贴到她的耳边，挨着她灰白的卷发说，"您会一直缠着我，就像藤缠着树。"

"伊曼！别人会怎么想！我可不想再在我家闹出什么花边消息了。"

"那又怎么样！我就是要让他们嫉妒，一个真正的女人，现在还有人愿意在她的眼神的魔力里长醉不醒。啊，还有您那丝绸般光滑的脖颈！"

"伊曼！我要去告诉你母亲的！不过，你先得跟我说说出去玩的事儿。"

"嗯，我们一起散步，当然，是光着脚的。接着呢，用您光滑纤细的双脚……"

"看在上帝的份上,你给我闭嘴。至少别那么大声。"

"然后呢,我们将度过一个真正的沃普尔吉斯女巫之夜,爱情之夜。"

"你松手,你这个笨蛋!我告诉你,让我走!"

"好的,好的,不过您先听我说完。您知不知道我昨晚梦见您了?"

"我才不关心呢,但我敢打赌,绝对是个不正经的梦。你不记得那时候纳粹是怎么打你的了?这个教训还不够吗?"

"我要讲给您听,只有一个原因,那就是我太爱您了。明白吗?这个梦是关于您的。"

"我一个字都不想听了。"

"幸运兔子窝也不想听吗?"

"不想,我宁可要一磅猪肉。"

"那要是谷仓里的幸福故事呢?"

"我宁可要一磅牛肉。"现在兹克瓦夫人已经开始有几分恼怒了,因为她突然想到自己已经退休两年了。

"那我就无话可说了。您是不会拒绝那个扫烟囱的家伙的,是不是?"

"可能会,也可能不会。但,伊曼,你为什么不把精力放在年轻女孩子的身上,去纠缠她们呢?"

"可您连五十都还不到呢。"

"那是多大？"兹克瓦夫人又眉开眼笑起来。

"四十五。"

"一月就六十二岁了。你快松开，别抓着我的手。我得去吃点东西了。什么时候我看见你母亲，我要把你说的话一五一十全告诉她。"

"看她会不会相信您！"

伊曼知道兹克瓦夫人要沿着小溪走回到位于城郊的家里去了。他将自己的手递给她，神情庄重起来，对她说，"晚安，兹克瓦夫人。"

"晚安。下次你再看见我，就来和我一起再散散步吧。你令我发自内心觉得幸福，你这个小混蛋。今天晚上我会一直笑着睡着的。"

她亲切地握着他的手摇了摇，突然眼睛湿润了。不过很快她就沿着潺潺的水声一瘸一拐走远了。

伊曼横过大马路，穿过快餐厅，沿着台阶走进跳舞场。虽然这里地处小镇的边缘，却颇有几分中心地带的热闹感觉。他在一张吧台的高凳上坐了下来，身子靠在柜台上。"老样子，琴汤尼①。嘿，怎么回事？欧丽菲亚，为什么这么伤心？为什么？"

————————

① 琴汤尼（Gin Tonie），以金酒为基础的调酒里面知名度最高的一种饮品。

"哦，你知道的，伊曼……"她深深叹了口气。

"失恋了？"

"还会有什么别的呢？我已经失去他了，伊曼。我现在一无所有。他说，他只想一个人待着。"

"他只想一个人待着？他？简直是笑话！"

"可他就是这么说的。'因为你，我的生活变得面目可憎。'他是这么写的。告诉我，我有那么丑吗？"

"你听我说，欧丽菲亚，每当我看着你……怎么说呢？这么说吧，在莫妮卡酒吧或是芭芭拉酒吧，也许能找到一两个你这样类型的女孩，但我从来没见过谁的眼睛和你一样迷人。你看着就叫人神魂颠倒。"

"你还不明白吗？是我使他的生活变得面目可憎。我知道他是什么意思。他是个很有个性的人，你知道的。"

"你倒是说说，什么是'有个性'？"伊曼问，但马上他就给出了自己的答案，"有个性的人坚持相信自己臆想出来的那个世界。就拿我来说吧，我就没有个性，我是 1924 年出生的，我们就必须得学会适应环境。第一幕，在杜塞尔多夫突袭之后的废墟里我们自己把自己给挖出来，一条铺着沥青的马路，背景是整个城市的残骸。一个年幼的孩子踩着滑板出现在瓦砾堆中，手里还捧着一罐牛奶。第二幕，格莱维茨遭遇突袭，炸弹从头顶落下，我从防空洞的窗子往外看，厂区。布希的马戏团在镇中心，动物笼子像子弹一样射向空中。一头母狮子明白了笼子是怎样被打开的，然后用自己的爪子将它拨开，八只狮子跑了出来，跑进烈火中的城市。我们被编成一支紧急救援小分队。街上到处烈火熊熊，狮子，最大的那只叫恺撒，一把攫住一个昏厥的女人，沿着楼梯登上一栋已经烧起来了的公寓的顶楼。他就站在窗子里面，女人被咬在他的齿缝间，他居高临下看着窗外被烈焰吞噬的格莱维茨……"

伊曼拍拍自己的脑门，"像这样的画面在我这儿有成百上千。这就是为什么我这种人永远不愿意安分。我根本不可能成为一个有个性的人。"

"唉。伊曼。我也总是这样。我总是有同样的问题。"

"他？"

"他，也只有他。你有没有注意到，伊曼，我有多么老土。"

"你，欧丽菲亚。怎么说呢？你是可以……"

"我知道我可以。把一个男人玩弄于股掌之间，对不对？可是你知道，我就是觉得这样不合适。要是我不这样老土地爱我的约斯卡那该多好！你不知道看到那封信我哭了多久。"

伊曼轻轻抚摸着她的手背，"冷静点，欧丽菲亚。"

可是女孩的眼泪还是止不住地往下流。"他就是想等我和别人出去约会。这样他就可以写信对我说：'现在我终于明白你所说的有多么爱我也只不过如此。'我早就看透了他的心思。他这是在考验我。我会熬过去的，我会做一个不出门的贤妻良母的，就这样好了。"

"你？欧丽菲亚。待在家里不出门？"伊曼问道。他正准备去安抚她的手背。一个极大个子的男人，在他旁边的椅子上坐了下来。伊曼马上就认出了他，阿尔弗雷德·贝尔，是个家具搬运工。

"您需要点什么？"欧丽菲亚问。

"朗姆酒。"一个极其雄壮的声音回答说，简直像打雷。

"怎么回事？贝尔先生。"伊曼问，眼睛盯着欧丽菲亚把他的酒杯斟满。

"这生活我烦透了。"阿尔弗雷德·贝尔摊开手掌抱怨。欧丽菲亚把他的酒杯放在柜台上，他将手掌盖在杯口，像覆住一只小小的鸟儿。

"哦，大家都常这样，贝尔先生，"伊曼说，"但每个人也都有快乐的时候。"

"我告诉你，每件事情我都烦透了。"巨人回答，一杯朗姆酒一口灌下了肚，"砰"的一声，他把杯子放回到柜台上，然后极其无聊地呆望着自己的双手，它们看起来就像是亚洲山脉地形图。

"欧丽菲亚，过来好好看看，多么了不起的一双手。真是令人惊叹啊！"伊曼说着，眼睛盯着阿尔弗雷德·贝尔忧伤的双眼，用极低的声音说，"如果给我这样一双手，我是宁可拿任何东西来换的。"

"哦？我的手有什么好的？"家具搬运工直摇脑袋，"根本不会有人再欣赏这双手。"

"有什么好的？我可以让人们看到，我是怎么把他们的心爱之物从一个地方搬到另一个地方去的。毕竟每个人都有自己的心爱之物，难道不是这样吗？"

"那什么是你的心爱之物？"阿尔弗雷德·贝尔终于抬起了眼睛。

"我爱我的钢琴。不过，我现在已经不弹了。会弹的曲子我不爱，我爱的曲子呢，又弹得不够好。所以我想把我的钢琴搬到我姐姐那儿去。她有一个小男孩，我猜他还可以用一用。不过说句心里话，你可别告诉别人，阿尔弗雷德。你说我能把我的钢琴托付给一个我从没见过面的搬运工吗？这可是一架伊日科夫产的奥古斯特福斯钢琴。珍贵着呢。"

"所以它对你来说很重要是吗？"阿尔弗雷德·贝尔问。此时，他笑容满面来了精神。"告诉你，这架琴就交给我来给你搬，就用我这双手。但是我希望你能在那儿看着，这样你就能看见它们是有多么能干了。你看我什么时候过来？"

"欧丽菲亚，两杯朗姆酒，算我的！"伊曼交代道。他又想了一会儿，然后说，"明天怎么样？我明天下午4点从矿上回来。就 4 点一刻吧，你觉得怎么样？"

"你可是找对人了！"阿尔弗雷德·贝尔声如洪钟地说着，两只巨掌紧紧包住伊曼的手，"你会看到我有多么仔细的。你会看到我用这双手，用我的肩，给你把宝贝钢琴搬到街上去！"

他们喝完这杯，阿尔弗雷德·贝尔从高凳上下来说——也不知道是在对谁，更像是在对自己吧——"每个人都有一样心爱之物。"

看着贝尔先生咚咚大踏步走过舞池，伊曼微笑着说："每个人都是如此。"那里空无一人，因为音乐到九点才会响起。

"伊曼，"欧丽菲亚说，"伊曼，你一定受过很好的教育。"

"哼！小学都没毕业呢。"

"那又有什么关系？你总是能发现事情的真相。而且，你对人很有感情。约斯卡说在你的内心深处停着一只百灵鸟儿。我记得清清楚楚，有一次，他和我坐在河边，他掏出一卷纸，上面密密麻麻打满了字。他告诉我，'这是我的一个朋友写的一点东西。来，我读给你听。'我就仰面躺了下来，他给我读了一个故事，又一个故事。"

"故事？什么样的故事？"伊曼问，将杯子里的酒一饮而尽。

"我记得有这么一个。"她对着手中的杯子哈了一口气，然后用一块餐布仔细擦拭着，"那是战争快要结束的时候了，德国人决定将一车女人从奥拉宁堡的集中营运走。半路上美国人的轰炸机把火车头炸了个粉碎，剩下的车厢也全都被破坏了，所有的党卫队都跑了，那些女人也都四处逃散，其中两个被弹片击中受了伤的犹太女人在一小片枞树林里挖了些洞，用树枝裹着身子，躲在洞里。没过多久，她们就听见有猎犬跑进林子里来搜寻，但不知怎么居然没被发现。就这样，她们藏在那里，一直待到了第二天。这时，她们开始觉得自己一定会死在这里了，却突然听见有人说话，说的是捷克语。是我们援助队的小伙子们。他们把这两个女人从洞里拉了出来，给她们包扎好伤口，晚上就把她们藏在他们的床下。后来先头部队追上来了，他们自己也都得逃命了，那些捷克人中有一个——叫佩皮克的——把其中一个女人藏在了马车里，他赶着马车一直跑啊跑到了包岑，他们在那里等着先头部队通过。然后又一路赶着马车带着她去了海代。"

"快告诉我，欧丽菲亚！这故事写得怎么样？是不是听起来很像写的是某人的故事，或者写的就是作者本人的亲身经历？"

"听起来好像这事就发生在讲故事的人的身上……我太蠢了！现在我全明白了！我怎么就没想到呢？"她说着使劲拍了下额头，"这个故事肯定就是他自己写的！"

"当然是他写的了，"伊曼语气中充满了讥诮，"我来告诉你故事的结局是什么好吧？佩皮克把她从海代一路带到了捷克利帕，交给了红十字会。后来，她等了他整整四年，等她的英雄回来找她，他却没有来。所以她结了婚。麻烦你，我买单。"

说到最后，他不再抬头看欧丽菲亚。

"怎么了，伊曼？你可以告诉我的。怎么回事？"她握住他的手。可伊曼觉得这举动完全是出于同情。他还差一点点就脱口告诉她，自己，伊曼，就是故事里的佩皮克，把那个犹太女孩一路从霍耶斯韦达拉到捷克利帕的不是别人，正是他。而那个约斯卡是从他这里听到了这个故事。可当他抬起头来再次看着她，他突然意识到这样做只会令她更难过。因此，他尽可能用欢快的语气对她说，"下次你见到约斯卡，代我向他问个好，行吗？"

伊曼匆匆穿过大厅，下楼来到快餐店。他要了点喝的，就坐在一位他打小就认识的老太太的旁边。

"您过得怎么样？"他问老太太。

"还行，"她回答说，"今天的汤不错。不过有点烫。快跟我说说，伊曼，你还在克拉德诺的矿上干活吗？"

"是的。"

"最近吃得怎么样？"

"您是说食堂里吗？"

"是啊，菜单上都是些什么呢？"

"呃，星期一是主厨汤，俄式牛柳丝，和裹着巧克力的奶油松饼。星期二，集体农场的汤，维也纳牛肺加布丁。"

"听起来比以前要改进了不少。唉，我可从来没吃过这么好的。我养了7个孩子，每天还得挤出几个小时的时间来去当死人洗刷工。"

"是吗，我都不知道呢。"

"是啊，一个婴儿和一个垂死的老人其实并没有太大的差别。都有可能把床单弄脏。谁知道第二天会怎样。那星期三呢？"

"星期三是波兰风味牛舌。星期四有炖牛肉，星期五是滚烫的咖啡，配传统捷克小面包。不过请您告诉我，您就从来不怕那些死人吗？"

"我的孩子，我从年轻的时候开始，就从来没怕过什么。别人一说到我，就会提起我曾经在漆黑的夜里，拎着把斧头去追赶强盗的事。不过有一次，我可真的被吓到了。那是在一个特别冷的冬天，在村子外头，那个上了年纪无依无靠的老太婆给活活冻死了。嗯，我们就去了，我们把棺材放在长凳上。那天晚上是个叫弗朗达的和我一起干活，他揭开死人的毯子一看，说，'去给我把锤子拿来。'于是我出来——这时我的老板正好骑着自行车也到了——我到处翻箱倒柜地正在找锤子，突然就看见老板一边尖叫一边飞似的跑了出来。'她坐起来了！'他撒开腿不要命地往地里跑。不管怎么说，我手里紧紧抓住那把锤子——这让我感觉稍稍好一点——走了进去。我不介意告诉你，当时我可真的是头发根都竖起来了。幸好我手里还有把锤子。不过你们星期六吃什么？"

"什锦烤肉配炸薯条，还有林兹果子奶油蛋糕。可那个……"

"那个汤呢？伊曼？配的是什么汤？"

"牛肚，牛肚汤。现在您告诉我，接着呢？"

"我就走了进去，看见弗朗达俯在床边，用力去摁那个死人的膝盖，她真的正拼命要坐起来呀。"

"然后您怎么办？"

"我就死命地叫。这时弗朗达转过头，跳起来，把我往门外推，他就不见了。可我还是紧紧抓着锤子，这让我多少能感觉好点。"

"您像个男人一样拿着锤子。"

"别人也都这么说。对了，食堂给星期天来干活的人吃什么？"

"什么时候？什么？哦，星期天。炸肉排。请您告诉我……"

"汤呢？"

"牛肉面汤，还有大片的牛肉漂在上面呢。您还是赶紧接着吃吧，要不然汤都冷了。"

"我看看啊……是面条汤。我喜欢面条汤。真的有大片牛肉漂在汤上面？"

"大片的肉。"

"你不会是在骗我吧？"

"当然没有，真的有大片的肉。"

"那就好，我相信你。后来呀，我就一直走到了床边，看着那个死人的脸。你知道吗？她看起来就像一个摇篮，两条腿弯在身子底下。如果你老了，无依无靠，谁都不记得有这么个你了，孤零零冻死在冷天里，就会这个样。你会缩成小小的一坨，如果没有人来把你拉直，你还能怎么样？如果我冻死了，也不会有人来把我的身体拉直。我就只有我自己。"

"可您的孩子们呢？您不是说您养了七个孩子吗？"

"哦，有是有，可现在一个都不理我。"

"您就瞧着吧。我会叫我母亲常去看您的。"

"伊曼，你可真是个好孩子，愿意坐在我这个老太婆的旁边，给我讲那些吃的。生活教给我的，全都是你在书上找不到的，我明白你这样的人。你想干坏事的时候，还真是个令人讨厌的家伙。但至少你对别人还有感情……所以，你的母亲真的会常来看我吗？"

"我会叫她去的。您就放心吧。晚安了。"

"晚安。"老人喃喃说着"晚安"，慢慢低头去喝她的汤了。

巴尔蒂斯伯格之死

　　忙了几乎整整一上午，刚吃过午饭，他们又开始躺在车底下的几个旧麻袋上修后座弹簧了。

　　"我就不明白这弹簧是怎么坏的？"父亲心烦意乱地问。

　　"怎么坏的？就那天晚上回家的路上，突然就坏了。"贝宾大叔举着手电筒说。"'贝宾大叔'，斯拉维克就是这么对我说的，'人总是都要死的。喏，您来开车。'所以我就开了。虽说我现在已经70多，眼神也不如从前了，您知道吗，开到沟里去也不过两三次。"

　　"行啊，您可别想我再把车借给你了，您瞧瞧，你们到底坐了几个人？"

　　"也没几个，就六个。可最糟的是车底掉了。我们只能把车底弄到车顶上去，放在床的上面。"

"什么床?"

"我们帮屠夫运的床,屠夫本人嘛,倒是在车里。"

"哦!我的老天,"父亲发出一声哀嚎。"我正纳闷车顶上那么些刮痕是从哪来的?不,先生,我是绝对不会再把车借给您了。"说完他抄起扳手,在车身上用力一敲。顿时一层干泥巴掉下来,落进了他的眼睛里。可当时正是世界赛车锦标赛的前夕,他们只得匆匆忙忙换好弹簧,把一张花园里用的可折叠躺椅安在了原先后座的位置上。因为很久以前,大概是五年前吧,父亲就开始准备把这辆老斯柯达 430 好好打扮一番。他把所有的内饰全拆了下来,座位也拆了,一股脑全堆在工具棚里。五年以来,他和母亲一直梦想哪天能把这些东西全都清洗整理出来,再花上几百块,好让这辆老爷车也能重新体面风光一把。

不管我们去哪里,别人看见都会说,"嘿,这车看起来脾气不太好吧,你确定战争期间没把它藏在易北河里?"每次父亲听到这话就会非常生气,因为还真是如此。还有一个问题,也是人们常常会问的,"为什么车里的人看起来都像是蹲在澡盆里?"答案是车里根本没座位,乘客全坐在装人造黄油的筐里。不过这一切在父亲心里都只是暂时的,他眼前只有美好憧憬:一辆帅气的、配备齐全的斯柯达 430。

为了这次捷克斯洛伐克世界摩托车大奖赛,他们把两把软扶手椅装在前座,还从花园里面搬来一把折叠躺椅装在了后面。

妈妈炸了一大袋炸肉排，用一个旧醋瓶灌满必打士酒，午夜一过，他们就出发，前往布尔诺市看赛车。

乡村风光美丽宜人，一吃完炸猪排，父亲就睡着了。母亲和贝宾大叔，四仰八叉躺在林子边离法里纳弯道很近的地方好看比赛——偶尔起身抱着醋瓶子痛饮一口。150公路赛已经进入最后一圈，弗兰塔·巴托斯——冷静，沉着，身子压低伏在他的 OHC 赛车的握把上——遥遥领先。当他从赛道上轰鸣而过，25万观众全部起身，排成人浪欢呼，所有这一切他也都看在眼里——所有挥动的手、丝巾和手帕，所有的光荣。他无所畏惧，他是弗兰塔·巴托斯，他从未害怕过任何事——除非火花塞突然失灵，或者活塞坏掉。现在他正来到最后一个法里纳弯道。他并没有松开油门，而是更有力地，更低地，将身子前倾，沿着赛道继续前行。

贝宾大叔眼力不济，但嘴巴一直是没闲着。"去年，我去看了看大主教的旧宅子，现在是个什么情形？果园就这么荒着，到处都是落叶，就看见一个老太太坐在那咔嚓咔嚓咬苹果。要是给已故的大主教柯恩瞅见她就这么把扫帚扔在一边不干活，这个老太婆保准被狠狠地踢上好几脚。他可是个急躁性子，尤其是在他年轻的时候。那次，那个守林人冲他开了一枪，因为他整日和守林人的妻子在一起胡闹。最后主教大人带着他的厨师搬去了蒂罗尔，好和上帝离得更近。"

　　与此同时，母亲已经和一位坐在轮椅上的男子开始了交谈。他的家人星期六晚上就把他推到了这里，因为赛道在午夜之前就会封闭起来。

　　贝宾大叔走到轮椅边说，"我曾去过一个地方，景色和这里几乎一样。那天夜里，我和一位聪明的小姐出去散步。她的名字叫海达，这位小姐对我说啦，她说，您能陪我一直走到墓地那儿去吗？我也就照做了。那时候，我可是远近闻名的美男子。我觉得自己挺像个艺术家，而她，一身洁白，说起话来活似一位王后，这真是太令人激动了。这样岂不是非常浪漫？于是我带着她，走过那些很有了些年头的坑坑洼洼的小路，走上一个小山坡，那儿的地势，就和这儿差不多。也很像波斯尼亚的图兹拉多尔佳和黑塞哥维那。反正海达在一块石头上坐了下来说，您最近都在忙些什么呢？都看不到您的人影了。于是我告诉她，我常常觉得心口发痛，这样她就会认为我是那种诗人了。不管怎么说吧，她将手里的小阳伞放在石头上，然后仰面躺了下来，看着天空。我的心里一阵阵激动，这时她说，您知道的，我的母亲非常喜欢您。您为什么不来我们家共进晚餐呢？但我一句话没说，因为她的哥哥有梅毒。于是她又对我说，我好像快喘不过气来了！哦，多么希望此刻就死去被埋葬！我附和她的话并安慰她，告诉她诗人们说过，在这个世界上，最美的莫过于死去的美人。"

那个坐着轮椅的男人，眼睛正盯着母亲的眼睛，看起来非常沮丧，"真是奇耻大辱！曼多利尼在预赛的时候，伤到了自己的脸！他应该给巴托斯一点颜色瞧瞧的！"

"得了吧！"母亲不甘示弱地说，"你瞧瞧巴托斯今天的状态，击败你的曼多利尼绝对不费吹灰之力！"

"你凭什么这么说！你坐在这儿凭什么就这么说！"坐着轮椅的男人大声嚷嚷道。

"事实如此，就是这样。"她提起醋瓶子，又喝了一大口。

"那我们就等着看吧，"那位残疾人摇晃着头发说，"350 公路赛会让你看见的。你会看见巴尔蒂斯伯格是怎么把所有人都甩到身后的。也包括斯塔斯尼在内。"

"巴尔蒂斯伯格是个德国人吗？"贝宾大叔问。

"是的。"那个男人低声说，一边把自己正坐着的毯子拉拉平。

"那他肯定能赢，因为德国人就是一群野兽。有一天，卡拉菲亚特医生，我们老鹰体操队的队长，一位自由思想者，他戴着夹鼻眼镜，就和您一样是位举止文雅的绅士，结束训练后，他带着我们穿过一个德国人的小村子回家。路上一边走着，我一边问他，为什么他到现在还没有结婚，您猜他怎么说？真正的男人，就应该令大自然因为他而生色，这样自己也会变得更加出色。总有个女人在他的房间里挥舞着一把夜壶走来走去，这样的男人您能指望有什么出息！就这样，我们走过了那个德国人的小村子，一边还唱着我们捷克人自己的民族歌曲，压根就没疑心过我们亲爱的邻居正在前面拐弯处埋伏着呢。正当我们开始唱那句狮子的伟岸，老鹰的飞翔，那群狗娘养的突然冲了出来。他们把卡拉菲亚特医生从马上拽下来，把我们全都打得青一块紫一块的。医生的眼睛肿得骇人，鼻子也被打破了。过去我还常常去找他看我的眼睛哩。"

"巴尔蒂斯伯格有一颗非常强壮的心。"那个不能走的人打断话题，拐杖在毯子上打得砰砰响。

"那您的意思是，斯塔斯尼就没有？"母亲说，两只眼角都扬了起来。

"谁说他没有了？可是他开这么快看起来好像就是为了泄恨而已。我觉得这很可怕。"

"你说得可太对了。"贝宾大叔点头道，"恨，是个坏东西，一个非常坏的东西。就说那个准备当皇帝的费迪南吧，现在他就充满了怨恨，也是一个大大的狗娘养的，屁股有谷仓那么宽！嗬！他该需要一顶像玛利亚·特瑞莎那样的皇冠，像一口井那么大的一顶皇冠。无论什么时候，只要让他瞧见妇女们在克洛皮什泰的庄园附近捡柴火，他就会在她们的背上点火。还有一次，他抓着一个园丁的头往墙上撞，就因为他在花房里看见了一个打碎了的花盆。"

"你看见了吗？"那个不能动的男人对我母亲说。"看看这些巴伐利亚人是不是马上就会在 500 型上把您的斯塔斯尼甩上整整一圈！克林格和皮特尼兹，他们两个都一样。昨天早上预赛的时候，我就看见斯塔斯尼在 500 型上翻了车。当时我想他可完蛋了。他一定是在 85 型上非常出色。你不佩服都不行。这位斯塔斯尼肯定明白该怎样和他的车配合，我不能否认这一点，不过我要告诉你，和自己的车配合好，这可是一门艺术。当然啦，每个人都有不走运的时候，他这就是在走霉运呢。再加上他还没找到一台最适合自己的摩托车，一台能够和他的怒气不相上下的车。一般来说，总是车把车手磨得筋疲力尽，可到了斯塔斯尼先生这儿就倒过来了。他真是够胆量，没有谁能比他更大胆了，没有谁了，我发誓。"

"就像隔壁小镇的那些村民，他们也够胆量，"贝宾大叔接过话题，"战争的时候，他们应召入伍，他们对付每一个留在这里的德国人，包括市长，把他们全都赶进啤酒厂，还用一把小刀捅进了市长的脖子。"

"很高兴听到这样的故事，"不能动的那个人说，"不管怎么说，比我有条件的人谁能知道，怎样才算是心脏强大，我是用一条腿骑哈雷摩托车的，在我失去那条腿之后。"他苦涩地说，并举起两条胳膊，然后任它们无力地垂落在轮椅黑色的扶手上。

"我很抱歉。"母亲压低了声音说。

"别介意，我来给你们讲点有趣的吧。一天我开车，我弟弟坐在边斗里，那时我的左腿已经没有了，安的是假肢。我们正沿着路开着呢，边斗不知怎么就松了，因为我的假肢就靠在边斗和摩托车相连的地方，所以我的腿也好，皮短裤也好，全都跟着边斗一起跑了，我弟弟一直冲到了路边的水沟里，而我呢，自然是翻了个跟斗，那条假腿却一下子飞起来落到了路边，不偏不倚，正好就落在两位从集市购完物回家的两位女士面前。其中一位眼睛刚刚瞟了我的腿一眼，立马就昏死了过去。因为我自己伤得并不太严重，所以从车里面跳了出来，跳到路上去寻我的假腿，我刚弯下腰去捡假腿，那两位女士中稍勇敢的那一位，吓得扑通一声趴下了。缺一条腿，并没有那么可怕，可是现在呢，我就是一个令人讨厌的老怪物。"

他调转视线，望向远方，刻意让自己在轮椅里坐得格外笔直。贝宾大叔开始过来安慰他，"耶稣基督和我们这儿的哈维利切克是一样的处境，他俩从来都不咧开嘴笑，但他俩都是一样的帅，如果你在这个世界上有事可做，就不会游手好闲。哈维利切克的脑瓜子比钻石还锋利，哇，连教授都得甘拜下风呢。"

"你说得都不错，但请别忘了，现如今的大奖赛已经不再是过去的样子了。两年前，澳大利亚人坎贝尔赢得了冠军，结束后他们举行了一个庆祝会，我坐着轮椅也过去了。到了提问环节，我也请他们翻译了我的问题，坎贝尔先生，请问您和乔治·杰弗里公爵同场竞技感觉如何？澳大利亚人回答说，乔治·杰弗里公爵是有史以来最伟大的赛车手，而他本人坎贝尔，最了不起的成绩就是落后他半圈。说完，全场粉丝鼓掌并欢呼，公爵万岁！

"就是有了这样的人，这个世界才有意思，就拿我的朋友罗姆斯基来说吧，"贝宾大叔激动得不得了，"谁都不敢朝他那边看一眼，更别提去和他说话了。有一次我们在一起喝啤酒，一共有50个人哩。有人开始对我推推搡搡的，好家伙，我的朋友罗姆斯基把桌子砸了个稀巴烂。灯也给扯下来了。没一会儿，整个场子就惨不忍睹了。不少于四个警察死在医院里，剩下的全是从窗户跳出去的，而我的朋友罗姆斯基拿他们的尖顶头盔当球踢。他踢飞了一个不小心卷入其中的女招待的一条木头假腿。他在那里打得才叫痛快，都停不下来，直到最后有人把消防队叫来。消防队用水龙头直接对着他的眼睛冲。不过一到监狱，他又重新生龙活虎了，他把铁链都弄断了——那铁链粗得能锁住一头牛——把门框也给砸破了，扛着根木头对着那些看守就是一顿好打。"

"是的，这样的人现在也还有！"那位曾经只剩一条腿还骑哈雷现在却不能动了的男子大声说，"你们想想，假如我们的大奖赛成为世界冠军赛的一部分会怎么样？那可就太了不起了！

乌比利亚骑着他的奥古斯塔出现在布尔诺！迪亚罗马斯骑着他的古奇出现在布尔诺！还有其他所有的赛车手——约翰·苏提斯，阿姆斯特朗，说不定乔治·杰弗里公爵——也亲自光临布尔诺呢！那可真是盛况空前的比赛！"

"就像科恩大主教临幸的时候，"贝宾大叔说，"他是犹太血统的瓦拉几亚人，亚麻色的头发，戴着夹鼻金眼镜，手指头上的一枚戒指就值好几百万。他身上香喷喷的，那可是皇家御用的麝香，像个酒吧女招待，他所到之处留下的香味，就像机车开过之后留下的尾尘。"说到这里，他停下来吸了一口气，接着讲道，"不管怎么说，他来的时候，所有上了年纪的女人，全想亲吻他的双手。但神甫们把她们全部轰开，因为不希望他的袖子糊满口水。当然，从城堡来的公证员的女儿亲吻了大主教本人那双尊贵的手。大主教斯托扬却又是不一样的，是啊，他有一颗仁慈的心，一个乞丐，即使喝得烂醉，仍然能从他那里得到一枚金币。现在的鲍尔大主教，长相十分丑陋，满脸都是疣子，出身贵族。每次主持坚信礼的时候，总是让人觉得特别不可亲。等到了油膏礼的时候，他的面孔常常会把好多人吓跑，还有好几个人因为惊吓过度，本来奄奄一息结果神奇般地康复了。还有伯肯大主教，总是乐于助人。有一次他握着我母亲的手，对她亲切地说，愿上帝降福于你，保你平安，但愿你出去的时候不要被人踩到而亡。他一边说着祝福的话，一边还递给她一枚金币，因为他热爱他的女信众们，她们是教堂最坚实的拥趸。他也喜欢以为什么一个基督徒不能在呼吸中带着酒味走进教堂为题布道。当然啦，说到吃，几乎所有这些大主教，全都胃口极好，牙口倍棒。那位伯肯一次就能干掉一整篮子的乳鸽。还有鲍尔，一顿午餐能灌下半桶啤酒和一整只乳猪。"

这边贝宾大叔滔滔不绝地说着，那边 350 公路赛已经开始。他话音刚落，弗兰提塞克·斯塔斯尼骑着他的 Jawa OHC① 一马当先轰鸣而至。

"那是斯塔斯尼吗？那个系着红色手巾的?"母亲问。

"就是他，没错。"瘸子回答，这时第一梯队以及他们震耳欲聋的赛车声已经消失在了树丛中。

母亲双手紧抱着一棵桦树，身子拼命地向前探出去，想看见他们驶过弯道的那一瞬间。当那条红色手巾在眼前一闪而过的时候，她的心跳急剧加快。

"你看他多沉着。"她说。

"哦，他知道该怎样控制自己的情绪，很好，"瘸子说，"我丝毫不觉得奇怪，至少最开始在赞德福特的几轮预赛中，那些荷兰人绝对想不到出现在赛场上的，到底是疯子还是什么怪物？但是等他们发现斯塔斯尼非常清楚自己的目标后，他们开始为他疯狂，当然，同样地，任何时候我都选择支持巴尔蒂斯

---

① Jawa OHC：捷克摩托车品牌佳娃。

伯格。"

"不管是支持，还是放弃，赢了才算，"贝宾大叔说，"有一次我们也比赛来着——不过是和消防车。磨坊着火了，我们的马受惊发了疯，只能由我们自己把消防车拉到火灾现场去。等我们终于赶到，个个都已经汗水淋淋，跟驴子也没有两样。我就站在池塘旁边，手里拿着抽水泵，等着队长像手册上说的那样吹响他的喇叭。可是他吹的不是喇叭，他吹的是一个锡皮罐子！所以，队友把我猛地一推，我竟忘了松开抽水泵，倒把自己飞进了湖里。他们先得用钓鱼竿把我从水里钓上来，因为我压根就不会游泳。我之所以加入消防队，完全是因为有一位美丽的姑娘曾经告诉我，我拿着斧子站在梯子旁边，样子一定十分英俊。然后我们又用钩子把水泵吊了上来。到那个时候，半个磨坊已经被烧成了平地。终于水泵可以工作了，我们正打算开始抽水，我因为刚刚落水被救起，头晕眼花还站不太稳，加上又被一个钩子给缠住了，抽水泵的把手正巧击中我的脑袋，一下子把我打晕了过去。于是，他们只能想办法赶紧把我弄醒。因为他们耽误了太多的时间，隔壁镇上的消防车先带着水赶到了。后来，尽管整个磨坊都被烧成了灰烬，我还是被队长骂得狗血淋头，因为把我们这边搞砸了。"

正在这时，扩音器里播放起通告，说巴尔蒂斯伯格的排气出了问题。欣顿紧随斯塔斯尼，落后整整一分钟。

斯塔斯尼保持着他的节奏，在直道上他倾尽全力，以每小时120码的速度直逼弯道，然后会极其微弱地减速，一旦通过最后一个弯道，立刻加速。他用力踩住油门，观众根本没有时间对他致以掌声和欢呼，而是瞠目结舌瑟瑟发抖。斯塔斯尼如此疯狂，以至于看起来既像是丧失了理智，又像是急于报复。

"但愿他的火花塞能扛住。"母亲说，她呼出一口气，提起瓶子喝了一口。

"巴尔蒂斯伯格有点过于自信了，从第一圈我就看出来了。他看起来太傲慢了。"瘸子回答说。

"事情永远都是这样的，"贝宾大叔说，"我有一位宗教教师，是个巨人，65，还是66吧。有一次，他问我们，什么是三位一体？一个孩子回答说，三位一体就是圣玛利亚的小妹妹。得，那位牧师把他像拎一只兔子那样拎了起来，前前后后死命地摇晃了好多次，给他的鼻子来了几拳，还把他的头往黑板上撞。因为那时候我们都听从无上尊贵的捷克教育家甘美纽斯的教导，他就说过，一个孩子永远不能骄傲，鞭子该用的时候绝对不能少。"

"现在他领先整整两分钟。"母亲说着塞上了瓶盖。

斯塔斯尼此刻正朝弯道驶来，比之前显得更为精准，也更加意气风发的样子。此刻的他不再是为了观众的热情，而是为了自己。他是为了这份纯粹的快乐，因为某件理想之中必须完成的事而带来的快乐，还有，在生与死的边缘举重若轻潇洒肆意的快乐。此刻命运也站在了他的这边。从自己的每一个动作中他都能感觉到命运之神的存在。看见他如此自信，观众们也开始激动起来。最后一圈了，他驶过，赛道两边人潮欢呼如海，挥舞着手臂、丝巾、手帕，用一切你能想到的，向他表示人们对他的狂热。他刚一驶过弯道，所有的人同时起立。

250 公路赛之前中场休息的时候，母亲叫醒父亲，他一直都在呼呼大睡，对之前的一切全然不知。

"快起来看，很有趣。"

父亲先来了口酒，然后说，"有趣？摩托车？赛车还差不多：赫曼·朗，鲁道夫·卡拉西奥拉，塔齐·诺瓦拉利，五升置换，三个超级充电器！那才值得一看呢。听见鲁道夫·卡拉西奥拉说只有当耳边传来引擎的轰隆，他的人生才开始，我一点儿也不会吃惊。"

坐轮椅的男子毕恭毕敬近乎谦卑地问，"您是说您认识卡拉西奥拉？"

"的确，"父亲回答说，"在他妻子的葬礼上，我就站在他身旁。她在一次阿尔卑斯山雪崩中被活埋了。你真应该看看他是怎么训练的。小小一杯香槟，还是在他赢了比赛之后才有。"

"您去看过那些伟大的比赛？"

"我看过，"父亲说，"我就来告诉你吧，我根本就不愿意回想起这些！那是在特里波利的大奖赛。一条狗突然跑进了赛道，恰恰就出现在瓦尔齐的面前，天意如此。阿齐勒·瓦尔齐死于翻车。"他说话的语气仿佛他是在卡拉西奥拉和汉斯·冯卡写的关于此事的书上看到的而已。"后来我又目睹蒙扎大奖赛热身赛时的惨剧，一辆单座车漏油，博尔扎基尼和坎帕里因为路面打滑当场无辜毙命，一个小时后，恰茨科夫斯基又是在同一个地点掉下去。他们全都冲下悬崖坠入了海中，他们每一个人都是如此。我就在尸体打捞上来的那块岩石底下的香烟店里。店老板告诉我，好几位欧洲的国王和王后们在这块石头上躺过呢。"

"您是说您认识博尔扎基尼？"

"不认识，但有次在酒店里，我看见他扭开鼓风机，把赢得的奖金往空中一抛，就在漫天蝴蝶一样飘落的钞票中跳起了舞。"

"这种事，就是像科尼茨瓦特男爵的儿子这样的人干得出来的！"贝宾大叔声音很大，"老科尼茨瓦特被皇帝封为男爵，虽说他的祖父只是个走村串巷卖鞋带子的。他住在一座城堡里，养了好些马，他在马厩里装上几面镜子，好让马在吃食的时候也能看见自己的样子，吃饱喝足之余也好有点消遣。他的儿子却娶了一位穷得快要饿死的女演员，他们确实在一起过了一段快乐日子，直到有一天这个家族的财富耗了个干干净净。老男爵听到这个消息心脏病发作，死了。"

"真是个传奇，不过请您告诉我：您认为哪个是现在最好的汽车：梅赛德斯，玛莎拉蒂，还是阿尔法罗密欧？"

"就我个人来看，最好的是老款捷克斯柯达430，"父亲没有丝毫犹豫立刻给出了答案，"这车可靠，性能优良，保温性好，而且便于驾驶。更重要的是，你可以用它拉500磅土豆毫无问题。上个星期我们就坐了六个人在车里，还有一个大橱柜在车顶上。"他朝停车的那边远远望去。

"请注意！"树丛间的扩音器响了，"250公路赛正在起点处集结。比赛开始之前，请观众们注意，在您的节目单上做如下变动。由瑞典的安德森替上奥地利的奥腾格鲁伯——两人都是诺顿。由……请注意！20秒！15秒，10秒，5秒……250公路赛开始！"

咆哮的马达声越来越强烈。

"巴尔蒂斯伯格突出重围，把对手们都甩开老远。他的速度真是叫人难以置信。紧跟其后的，是同样骑着NSU Sport-Max的卡斯纳，在巴尔蒂斯伯格和卡斯纳后面的是好脾气的澳大利亚人布朗，他的头盔上有只袋鼠。在平地上，他们的时速逼近125码。"

汉斯·巴尔蒂斯伯格第一个冲向法里纳弯道。他的速度太快了，母亲只看见一道银色的条纹一闪而过，其他什么也没看清。接着是布朗，再后面的卡纳斯和他仅隔了一瞬间。他们驶过之后，只留下燃烧过的汽油的味道。

"汉斯可能是领先，但有点不对劲，有点不对劲。害人匪浅的比赛，胜了，荣誉加身，败了，万劫不复。"瘸子拿起手里的拐杖在自己的假腿上拍打。

"总是会有地方不对劲，"贝宾大叔说，"有一次，我们正在演习，已故皇帝弗朗茨·约瑟夫和他的叔叔阿尔布雷克特，就是长着兔牙的那位来检阅。演习结束后，在教堂做弥撒，我没有去，因为那个时候我正忙于自由思想。但突然之间雷雨大作，一道闪电击中了避雷针，落进了唱诗班的阁楼，还击倒了一位风琴手。好家伙，那些女人们全吓得跟疯了似的朝圣器室跑，但神甫把她们赶了出来还对看守人一顿训斥，骂他不该在自己——上帝在这个世界上的代理人——还只穿着内衣的时候放这些女人进来。所以后来她们又朝祭坛涌去，到了那里，恐慌就真变得不可收拾了。你瞧，女人们以为天花板要掉下来了，其实只不过是因为那个守门人一直在敲风暴钟，他把绳子一扯，因为太过于用力，所以钟一边继续嗡嗡作响就朝着人们头顶直砸下来，结果真有几个被打趴下了。"

"汉斯·巴尔蒂斯伯格依然保持领先，卡斯纳紧随其后。"扩音器里面报道说，"巴托斯的引擎出了点问题，现在已经退出比赛，请注意，所有的工作人员请注意！据报道，通往法里纳弯道的赛道目前侧风强烈，并伴有中等强度的阵雨活动。"

"这正是我们所需要的。"坐在轮椅上的男人叹了口气。此时，主力部队马上将要到达，他根本不敢看，可是又实在忍不住要去看。待他们终于呼啸而过，他突然生出一种感觉，自己再也看不见他们了。这不是比赛，这是酷刑室。

"哦，这可不就是生活。"贝宾大叔试图宽慰他，"一个酒吧里有两个女孩因为我的缘故想要自杀，第一个的名字叫瓦尔塔，瓦尔塔对我说，和我做爱吧。但我告诉她我胸口痛。因此她非常生气，对我说，得了吧，你这个卑鄙的家伙，非得要我用瓶子砸你的脑袋吗？这可是个好兆头，因为她可是很能吸引男人的目光的。这时过来了一群屠夫，于是我给他们表演了我的几项特技。我们玩得很开心，后来医生来了，他是来给瓦尔塔做检查的，警察也来了，把我像塞一卷油毡似的塞进一辆小推车里送回了家。"

"那另一个呢？"

"嗯，她想用梅子白兰地把自己给喝死。她整天都笑呵呵的，她的名字叫兹登卡。有一次还在酒吧里她就开始亲吻我，龙骑兵中尉们简直嫉妒得要发狂。后来她把我带进了她的房间，我想和她讲讲莫扎特是如何不同凡响。她却安慰我说，这些废话少讲了。和我在一起你唯一能做的，就是看你是不是个男人。于是我们在床上躺了下来，我心里寻思着怎么从窗户里跳出去。可她的房间在二楼。最后嘛，兹登卡依偎在我身旁说，只要我乐意，只要我开心，想让她做什么都可以。于是我给她讲了斯特劳斯第一次看见莫扎特的木星的分数时，他说：'我觉得难受'。兹登卡回答说，'嗯，我也是，你觉得我的身体怎么样?'我开始考虑能否破门而出。可是外面走道里有一只圣伯纳犬正嗷嗷直叫。所以我唱了《薇奥丽特，你听我唱歌》里的几句，然后就投降了。"

这时大群摩托车已经聚集到了弯道附近，还是 3 号汉斯·巴尔蒂斯伯格遥遥领先。母亲看见他四处张望在判断其他车手与他之间的距离，可恰恰在此时，他的车打滑了。前轮一下子飞到了半空中，银色的 NSU Sport-Max 直接撞上一根电话线杆，接着，在一瞬间之内，所有的一切全都凭空消失在路侧面的沟里。这时卡斯纳的车轰隆赶到，驶过弯道，速度和他之前的一圈一样快。

"所有年轻的运动迷们，"广播里面的声音，沙哑刺耳，"在你们自己的赛道上，试试你们的身手，试试你们的运气吧！请稍等片刻，我们刚刚接到消息，现在，由卡斯纳居领先地位。3号巴尔蒂斯伯格出了什么事儿?"

"我知道，我就知道会出事的，"坐在轮椅上的男人说，他拼命用双手撑着想要站起来，"每次有这样的事情发生，我都在一旁看到了。我就目睹法里纳倒在面前。普林兹·比雷冲进看台，正好就在我的座位旁边，每次这样的事情发生，我都在一旁看到了。"

父亲站起身来。

"别去。"母亲说。但是父亲穿过树林，走地下通道到了马路的另一边。在那里他看见工作人员正把巴尔蒂斯伯格先生的身体翻过来，让他仰面躺着。

一个年轻人指着一棵树的树干说："他就是在那儿撞到头部的。"

父亲非常冷静，他在巴尔蒂斯伯格先生的身旁跪了下来，帮助护士摘下他的头盔。这个过程很艰难，因为他已经血肉模糊，不成个样子了。赛车手一直在努力挣扎，仿佛想从躯壳里挣脱出来，可他的努力全都是徒劳。接着他所有的力气在一瞬间全都消失了，全身瘫软下去，开始大口大口地吐血。

"请……请代我问候……"他的声音非常弱。

他的头歪向一边，裸露在外面的神经一阵抽搐。这时太阳出来了，他的鲜血在阳光下闪亮耀眼，就像是红宝石里生着涟漪。

霍斯特·卡斯纳依然保持领先。扩音器里的声音穿过湿漉漉的树叶传过来。"后面跟着的是汉克，两人同属 NSU 车队。科维克和科斯托耶，骑着捷克产的车正拼命追赶。女士们，先生们，多么赏心悦目的风景。一架直升飞机，像蜻蜓一样轻盈优雅，刚刚起飞。电视台不转播此次从空中拍摄的画面，实在是太可惜了。请所有的观众多多配合，不要离得太近。飞机着陆之前会投放几百张宣传单，再次提醒大家，下个周末是航空日。"

父亲看了一眼他的手表。

表上显示 1 点 48 分。

医生赶到了，他先握住巴尔蒂斯伯格先生的手腕，然后弯下腰在他的胸口倾听。等他再次站起身来的时候，脸上一副公事公办的表情。父亲意识到，巴尔蒂斯伯格先生已经死了。

"他也是谁的儿子呀。"他自言自语说着，捡起头盔，把它挂在已经变了形的摩托车上。

霍斯特·卡斯纳箭一般冲过来。他一定已经猜到出事了，猜到巴尔蒂斯伯格已经死了。但他丝毫没有放松油门，似乎特意要模仿已故的这位一贯的做法：无畏，精准。车速上限，以勇敢的心灵和冷静的头脑所能够达到的极致，酣畅淋漓地通过这些弯道，并以此向他的朋友致敬。

护士开始用绷带绑扎巴尔蒂斯伯格先生的头部，可缠绕的绷带越厚，就有越多的鲜红渗透出来。

"现在我们的冠军随时都可能诞生。会是卡斯纳吗，还是汉克？我们的直升飞机越飞越高。现在是在 150 英尺，300 英尺的高空。飞机还在投放宣传单，现在，他们到达终点了。卡斯纳第一。接着，是赫克！这两位的战车线条流畅优雅，好比银色的天鹅。"

当母亲告诉贝宾大叔巴尔蒂斯伯格先生已经死了，他的反应是"真可惜，我现在年纪大了。我要爬上那些喇叭中的一个，给他们点颜色瞧瞧。你们知道我曾在全世界最风光的部队中服役。那时候士兵都穿着女士们的紧身胸衣。有一次我借到了一套陆海军军官学校的制服，啊，那个皮带可是特制的。我用卷发器把头发烫成卷儿，一位当地的摄影师给我拍照。我画了个精致的妆，就像我的表弟一样，他是皇家卫队的。他是个大个子，不过后来开始酗酒。当然啦，年轻的时候，在我们那一块儿，他的身材可是数一数二的。他体重超过 200 磅，当他脱去衣服，皮肤就像刚落下来的雪那么白。他们都叫他美男子弗兰提斯克。我的照片就挂在主广场上。有一次，摄影师的橱窗前围了一大群女孩儿。我听见她们中的一个问，你觉得哪个最好？那个被问的女孩指了指我的照片。嗯，我当时就站在她的身后。不介意告诉你，回家的路上我一直都像在腾云驾雾。"

贝宾大叔说的时候，轮椅上的男子低垂着脑袋坐在那里，眼泪一颗颗滴落下来，打在他的毯子上……

在树林的那一边，离法里纳弯道大约三四百码的地方，有两个年轻的学徒刚刚醒来。就像其他成千上万车迷们一样，他们也是开了一整晚的车，赶到赛场，也像成千上万其他的车迷们一样，他们在极早的凌晨时分在布尔诺市四处走一走，七点一过，马上回到赛场，他们为巴托斯的胜利而尖叫而欢呼，为斯塔斯尼的勇敢无畏而赞叹不已。在那时，太过疲惫的他们在中场休息的时候躺了下来，把自己的外套盖在身上，酣然入睡。

"都是你的错，全都是你的主意。"

"我？是你说就一会儿的。"

"也许我是怎么说了，可你为什么非得带上我呢？"

"你就是个瞌睡虫。"

"那个早上从来起不来床的人是你，如果我们错过了巴尔蒂斯伯格，我会杀了我自己。"

他们停止了争吵，漫长的沉默，足以跑到赛道那去了。

"250 已经结束了吗？"他们问走过的第一个人。

"是的。"

"谁第一？"

"卡斯纳。"

"第二呢？"

"赫克。"

"第三呢？"

"卡斯托伊。"

"那巴尔蒂斯伯格呢？"

"他跑完了他生命中最后一个弯道，就在那儿，法尼纳弯道，我只能说，不建议你们过去看，孩子们。"

　　既然千里迢迢跑来，就是为了看他一眼。他们立刻穿过地下通道，然后就看见了：防水帆布底下躺着一具尸体，还有——几步开外，也是从帆布底下支棱着出来——一台 NSU。正在这时，一辆卡其色的梅赛德斯悄无声息地驶了过来。就是在那天早上他俩在摩拉瓦酒店门口还艳羡地看到过的那一辆。从车上跳下来一个技师。他径直跑到沟边，用两根手指头碰了碰帆布地，大概就在他认为应该是头部的位置。然后他取下头盔在一棵树干上用力地敲打，让里面干了的血掉出来。

　　"现在霍斯特·卡斯纳，登上了领奖台，右边是赫克，左边是卡斯托伊。"扩音器里又响起了通知，"三位少先队姑娘正把她们红色的方巾系在获胜者们的脖子上，直升飞机现在飞得已经非常高，在阳光的直射下，几乎已经看不见了。现在请大家注意，在你们的节目单上做如下的变动：8 号，英国人比尔·霍尔，由匈牙利人赞库提替补。在 500 公路赛开始之前替补……"

　　"巴尔蒂斯伯格先生真的死了吗？"其中一个学徒悲伤地问。

"世界" 快餐厅

晚间下着阵雨,银色的水流浇打在餐厅正面的玻璃墙上，再蜿蜒流下。几个行人正匆匆穿过这个小广场，在雨中，紧紧抓着自己的帽子或手中的伞。

喧嚣的音乐，肆无忌惮的说话声，不时爆发出一阵刺耳的狂笑，从游廊上的包厢中透出来。啤酒龙头那里的女人，接了最后一大杯酒，往女厕去了。

一打开门，她就看见一双穿孔鞋悬在离地 3 到 4 英尺高的空中，鞋子上面，是黄红格子裙下伸出的两条腿，再往上看，一件夹克衫，两只胳膊瘫软无力地耷拉着。一个女孩的头在领子那里折垂下来。

女孩是将她的防风外套上的腰带挂在通风窗的闩上把自己吊死的。

"啊！啊！"酒吧女人嘴里叫着，奔出去找来一架梯子。一个女招待抱住女孩的身体，女人拿一把长长的意大利腊肠刀割断带子，将女孩放了下来。然后女人将她扛在自己的肩上，绕到柜台背后的一个小凹室里，放在堆脏盘子的桌子上，松开带子。

她抬起头来，恰好看见一个男人站在外面的雨中，隔着餐厅的玻璃墙，眼睛正盯着桌子。酒吧女人一把拉上了印花窗帘。

接着，救护车赶到了。一位年轻的医生跑进餐厅，两个护理工从车后部拉出担架。医生把耳朵凑在女孩的胸部听了听，又摸了她的脉搏，拉开窗帘，对护理做了个停止的手势。

"我们已经无能为力了。"他说。

"那我们怎么办？我们把她怎么办？"女招待问。

"这个得由病理专家决定。"

"好吧，希望你们的病理专家快点到。我们这儿可是卖食物酒水的。"

"所以你们最好先关门停业一会儿。"医生说，然后跑进了雨里。救护车摇晃着往前猛地一冲，发出一声哀鸣。喧嚣的音乐，肆无忌惮的说话声，不时爆发出的一阵刺耳的狂笑，从游廊上的包厢中透出来。这时，窗子前已经聚集了一群好奇的旁观者。他们用手撑在玻璃墙上，一只只手掌看起来非常苍白，且异常巨大。而那些手上面，是一排探寻的发亮的眼睛。

一个高个子年轻人奔到门口。他全身淋了个精湿，胳膊蹭在石灰墙上，袖子都变成白色的了。他在门口试着敲了敲门，正准备离开。这时，酒吧女人过去给他把门打开。

"快进来，快进来，也让我高兴点，"她说。可当他进来后，她惊恐地举起了双手，"出什么事了？你这是被火车轧了，还是从悬崖上掉下去了？"

"比这些更糟糕，"他回答，"是我的未婚妻，两天前她抛下我跑了。"

"你的意思是你已经订婚了？我从来都没见过你和哪个姑娘在一起呢。"她一边说着话，一边把几个空玻璃杯在水槽里冲了冲，接满啤酒，然后放进身后一个小型送货升降机里，拉好盖子，摁下按钮。接着，她端起一只啤酒杯，向前一送，杯子在湿漉漉的镀锡薄钢板柜台上滑了起来，不偏不倚，正好停在那个年轻人的手边。

他喝了一口，脚在椅子的横上刮了几下，眼睛盯着细细的小水流从鞋子里漏出来。

"跑了，"他说，"当时我们正吃着一些不太新鲜的面包皮当晚餐。她突然想起了她祖上的那些男爵。'喀尔里克，'她冲我尖叫起来，'喀尔里克，我就想对着你母亲的情人扔一颗手榴弹。'但她没有，她拿起一把弹簧刀一扔，刀扎进门板，啪地合上了。她又用刀去割自己，我赶紧过去把窗户关上，这样她就不会把自己从窗户扔出去了。她的脑瓜子全是自杀的念头。"

"不新鲜的面包皮当晚餐？"女招待诧异地问。

"是的。你知道的，她总是希望我和她一起殉情。'你看，喀尔里克，'她对我说，'我们把窗户打开吧，手拉着手，往下一跳。'所以我们沐浴，并换上最正式的衣服，我往下一看，底下是我们的院子，看起来好深，我想确定我们跳下去时不会正巧砸到某个小孩的身上，可是我只看见从二楼的窗户里伸出来一个愚蠢的电视天线，所以倘若从我们住的四楼跳下去，肯定会把耳朵或者鼻子割掉的，想想那样会多难看。"啤酒沿着他的嘴角流下来，好像是长出了细细的胡子。

"可谁还会在乎他们后来看起来难不难看？"酒吧女人双臂交叉抱在胸前问，看起来就像农业部大楼前面的雕像一样漂亮。

喧嚣的音乐，肆无忌惮的说话声，不时爆发出的一阵刺耳的狂笑，从游廊上的包厢中透出来。

"我是一个唯美主义者。不用多说了吧？我的女人也不会比我少在乎。有一次，她试图用防风外套上的带子把自己给勒死，我总算及时把她解了下来。'你这个白痴，'她冲我大喊大叫。'你把我又带回这个世界干什么？我已经是在地狱的边缘了！'当时，邻居们咚咚咚跑来敲我们的墙，还在隔壁喊，'你们在里面干什么？别忘了这里还有孩子呢。'而我的未婚妻毫不示弱，'你知道我想把你们的孩子怎么样吗？我要割断他们的喉咙，然后一把火把这里全烧了！'所以，为了让她平静下来，我拎起她的一条胳膊一条腿，准备把她甩上两圈，不想我计算失误，她一下子被扔了出去，脑袋直接撞开房门，飞到了外面的过道里。她撞翻了一直跪在钥匙孔跟前的邻居。你猜她是怎么对那个女人说的？"他带着一丝笑容问，"她说，'女士，喀尔里克和我，在我们自己的家里，想干什么都可以，只要乐意，对不对，喀尔里克？'"他的两眼周围一圈全都是红的，像一张电报纸。

"嗬哟，太过分了，"酒吧女人说，"你瞧瞧这些人。嗬，这群无赖，居然还带了板凳来的。"她给自己接了一小杯酒，走到巨大的玻璃窗前。十几个围观者——有些带着凳子——在外面飘泼的大雨中聚在面前。他们彼此窃窃私语着，把手掌压在玻璃墙上，好像这样可以让他们暖和一点。这些人看起来就像怪兽。

女人喝了一大口啤酒，身子向前倾俯在玻璃上，那窗子好像成了她戴着的一副眼镜。她又往后一仰身，将杯子里剩下的啤酒一下全泼在了玻璃墙上。啤酒泡沫顺着玻璃覆盖着的人脸缓缓地、细细地流下来。

"这就是布拉格。"她耸耸肩说。

回到啤酒龙头前，她接了两杯，将其中一杯再次向前轻轻一送，杯子在湿漉漉的镀锡薄钢板台面上滑动起来，再次不偏不倚，停在了那个年轻男人的手边。

"为什么每次出事，我总是在场，"她说，"去年，一天，我只不过是打算沿着铁轨散散步，就看见一个女孩儿，朝我这边走过来，火车也开来了，女孩跳了下去，就在火车头底下，我看着她的头滚下来，正好就滚到我的脚边才停下来，还对着我眨眼睛呢。"

但此时，那个年轻男人完全沉浸在自己的世界里，就好像一台可折叠缝纫机，"我永远不会让她走的，"他说，"无论怎样也不会，她性冷淡，并为捷克的行为艺术做出了巨大的贡献。若我找了一个正常的女人，那又怎么样呢？是，我们是可以做爱，但那也可能是绝对行为艺术的最后终结。"

他举起酒杯，啤酒从杯沿溢出来，打湿了他的衬衣。

喧嚣的音乐，肆无忌惮的说话声，不时爆发出的一阵刺耳的狂笑，从游廊上的包厢中透出来。一个又一个的托盘通过那台小升降梯，从餐厅那边被送回来。盘子里面全是喝空了的啤酒杯，杯子里是一层已经干涸了的啤酒泡沫。

"你知道的，我的女孩儿过去总是说我有些发疯，我怎么可能发疯呢，我还在工作，我的手还能画出飞机的机身和制动器，而且精确度在百分之一毫米以内。我怎么可能发疯？"

"居然还有这样的事。"女招待怒气冲冲，有些难以控制情绪。

外面的围观者现在像一群鸟似的栖在一棵菩提树又滑溜又

柔韧的树枝上。他们就像坐电车的乘客那样，双手紧紧抓住头上的枝条。他们居高临下俯视着整个餐厅，包括印花窗帘，现在它已经微微拉开了一些，还有窗帘后面，那具尸体躺着的堆满脏盘子的桌子。

"为什么每次出事我都在场呢?"女招待抱怨说，"一天夜里，黑漆漆的。回家的路上，我停下去方便。从树丛里摸着出来时，我一把摸到了一只冰冷的手。我划燃一根火柴，把它举起来照照，就看见一个家伙吊在那里，舌头吐出来老长对着我。唉，外面雨下得可真大。"她仰起头来，越过那些围观者的脑袋看街灯。风吹过来，把槐树的枝叶掀开，广场对面大楼上的大挂钟被照得通亮，正朝着这边窥视。

喧嚣的音乐，肆无忌惮的说话声，不时爆发出的一阵刺耳的狂笑，从游廊上的包厢中透出来。

一个穿着破破烂烂的工作服的年轻人出现在餐厅门口，手里抬着一筐空啤酒杯。女招待打开门，将这些杯子逐一倒满酒。

"像你这么帅的小伙子，干吗穿成这样?"

"我们在工厂里就是这么穿的，这就是我们的风格。"修理工说，"去上班的路上，我们也穿得和大家一样。但是你真的应该看看我们干活时的样子。有一段时间，打了补丁的工作服最流行。小伙子个个都绞尽脑汁，想办法在衣服上多打几个补丁，比去参加流浪者化装舞会还花心思。还有一段时间，流行的是把工作服全部用铜丝电线连起来。那时候，整个工厂里到处叮叮当当响，就好像在看木偶戏。现在最新潮的就是破烂鞋。"说着他给她看脚上穿的工作鞋，铜丝做的鞋带，根本就没有鞋底。"还有，一条裤腿，得是用齿轮碾轧过。"他后退几步展示给她看。

"非常有意思。"女招待一边把倒满了酒的啤酒杯放回到筐子里，一边赞赏地说。

"那些来工作的女孩，个个都像电影明星，她们穿着橡胶靴子，鞋底走起路来啪啪响，"那个年轻人说。他那湿漉漉的波浪形胡萝卜头，像一颗颗铜扣闪闪发亮，"对了，外面那些人在雨里等着是要干什么？"

"楼上在举行婚礼。"她抬头看着天花板说。然后用鉴赏家的眼光欣赏地注视英俊的修理工用大拇指拉了一下自己工装裤的吊带。

修理工走后，女人转过身来问那个年轻人，"那你呢？还是喜欢你在工厂的工作吗？"

"毫无疑问，"年轻人说，"我不能离开我的工作。就像我不能离开我的女孩儿一样。你知道吗？是我工作的工厂赞助了我的第一次展出。"他颇为自得地说，"是我自己的工厂！最开始我得去说服负责文化活动的那个家伙，可最后他告诉我，展出只能在晚上举行。一天深夜我开始工作，准备好了整件事：工作中的触觉体验。第二天早上，那个负责文化的家伙看见了我的展品，几乎当场崩溃。所以，起了一些冲突，我把他的一只袖子给扯掉了，但是整个展出仍然进行着。工厂里面的同事们都非常喜欢。开幕式的时候我邀请了一个盲童合唱团。从阳台的一端到另外一端，拉着一个条幅，他们就面对着这个条幅。我们必须捍卫我们的完整，就像捍卫我们的瞳仁。直到现在，工厂都常常夸耀我的第一次展出就是在那里举行的。"

喧嚣的音乐，肆无忌惮的说话声，不时爆发出的一阵刺耳的狂笑，从游廊上的包厢中透出来。

戴着白色面纱的新娘第一个走下楼来。她非常年轻，当她转过身来牵着她的新郎走下台阶的时候，她的双眸因为酒的缘故晶莹闪动。领座员和伴娘们全都紧紧地抓着楼梯栏杆，小心不踩到长长的婚纱拖裾。新娘唱着歌，用手里的花束打着节拍，终于走下了最后一级台阶。她突然冲到玻璃走廊那里，冲着外面的围观者大喊了一句什么，然后奔向银色的密密麻麻的雨丝交织的世界。一到雨中，她就伸开双臂，头微微后仰，任由自己的头发和头上的新娘花冠被暴雨猛烈地冲打。雨水打湿了她的衣服，衣服紧贴她曼妙的身体曲线。新郎和伴娘们全都兴奋地大叫着向她跑去。他们排成一列纵队，穿过马路。队伍最前面的就是新娘，她旋转着手里的捧花，打着节拍，一边朝前走。"幸福的婚礼，他们本该如此，"酒吧女人说着又送走了一箱啤酒。"不过你先告诉我，你说你的未婚妻扔下你跑了，是昨天吗？"

"不，是前天，"他说，揉了揉通红的眼睛，"其实我丝毫不觉得意外。那个女孩，看的全是爱情故事和名人传记。她想让我找一个两居室的公寓，爱好就是晚上开派对和我的绝对行为艺术。她总是拿过去和将来威胁我：她的那些情人，他们对她做过的，或是想做的事，或是她跑回家去找她的父母的可能性，她家是一个大家族，有 700 年的历史，据说某一位祖先曾经是教皇的管家。可这对于两个星期的薪水可以在两三天之内花掉的我们又有什么意义呢？我们只能拼凑些残羹冷炙勉强度日。有时候她会去还酒瓶，或者把自己的衣服撕了卖了换些破烂衣裳穿。说到这，你还真得赞美她，有一段时间，这甚至是我们唯一的收入。"

两位警察，走到玻璃门前。

"哦，是该来了，"酒吧女人说。警察用力地跺着脚，好让靴子里面的水流出来，"外面那些亢奋的疯子，把这儿变成了一流的即兴表演的舞台。"她指指外面的围观者，他们现在已经完全肃静，一只只眼睛炯炯有神，充满期待地瞪着。"他们都要把我逼疯了。什么样的人才会这样？看别人上吊从中得到享受呢？"

她抬起头来看了一眼那两位警官中年轻的一位，吓了一大跳，愕然问，"怎么回事？是和人吵架了还是什么？"那个警察掏出一面袖珍镜子，仔细审视自己的乌眼圈说，"她的鞋子踢到了我。"

"我是怎么告诉你的？"他的上司说，"永远不要掺和醉鬼的婚礼。事情总是越闹越大，我们这位年轻的朋友最后终于说服了新郎，给他留下这么个耀眼的黑眼圈。"

"啊，但是我也照顾了他，他会一直待在酒吧后面，直到明天早上。"他的手指轻轻地抚弄着自己的眼圈周围。

"好吧，言归正传，那个女孩在哪？"年长的警察问。

"在里面。"酒吧女人回答，她扯扯窗帘。餐厅玻璃墙上布满了白色的手掌，站在第二排的人拼命想把前面的人挤开，好几个围观者看起来似乎是把自己吊在街灯上，一个老人像只狒狒站在树冠上，狂风抽打着雨丝，如一层厚厚的帷幔。

年轻警察掏出他的记录本，往里面夹上一张复写纸。

酒吧女人在玻璃墙前走过来走过去，突然毫无征兆地冲着一张围观者的脸吐了一口唾沫。可那个人根本连眼睛都不曾眨一下，那口唾沫顺着玻璃缓缓流下，像一颗乳白色的泪珠。

"你们到底要干什么？你们觉得是我把我父亲用铁链给打死了吗？"她冲着他们大声吼叫，一拳打在另外一个人的脸上。接着她怒不可遏地解开了身上的围裙盖在啤酒龙头上。她解开她的长发——原本是盘成蜂窝式发型的——把发卡咬在嘴里，然后开始重新曲折蜿蜒地盘起如蛇的头发。当每一绺头发都服服帖帖地回到原位，她走进凹室坐了下来。

"很高兴你回来，"那位年长的警官说，"能帮我们解开她的上衣吗？她身上没有任何证件，只有一些零钱。"此时，那位新娘已经走到了门前。她拍着门，看起来十分懊悔的样子，年轻人让她进来。

她脱下一只银色的拖鞋，把里面的水倒出来。她的新娘花冠已经完全不能看了，眼睛上化的妆也成了一道道黑印留在面颊上。

"好吧，你们怎么说？"她说，"会不会把他放了？"

"他就待在那儿。"警察答。

"为什么？"

"因为他在警察执行公务时无礼。"

"可是，并没有很过分的表现啊。"她说着弯下腰，在水龙头那儿接了点水，龙头嗒嗒往池子里滴水。

"我的眼圈黑得跟复写纸差不多。"那个警察盯着自己手里的小圆镜子说。

"好吧，你当初就该别理我们的。这事是你开的头，现在就结束了吧。你们打算什么时候释放他？"

"明天。"

"那好，我就在这等着你，你可以来和我睡觉。我不想在我的新婚之夜孤孤单单。"

"你不是我喜欢的类型。"那个警察站起身来说。

"嗬，这儿也不是只有你一个。"她说着，迈着轻盈的舞步绕到那个年轻人身边。"你觉得呢？"她问他，"你喜欢我这样的吗？"

"哦，非常喜欢，"他答道，"你和那个抛弃我跑掉的女孩很像。你眼里的神情，就和她第一次到我的地下公寓留下来时一模一样。她什么也没带，只有一个手提箱，就是那些小女孩们装上自己的布娃娃，提着它就可以走世界的手提箱。她差不多也是光着脚，唯一的一双鞋，又寒酸又破旧，鞋舌上还穿了孔。她的头发剪得可真叫个短，就像是改造学校里留的那种。你的眼睛里面有蓝色的斑点，就像一片玉髓，你知道吗？我真的喜欢你，你就是我喜欢的这种女孩。"

"嗯，我也喜欢你，"新娘说。她用她的银色拖鞋接了些水，握着玻璃鞋跟举起来，尽情喝了一大口，"各花入各眼。"她舔舔嘴唇说。

那位年轻的警官坐了下来，而他的上司，拉开窗帘，准备口述。

"受害者身份未明，身高约五英尺三英寸。身穿一件红黄格子裙，黑色鞋，鞋舌有孔。粉色上衣，蕾丝衣领上装饰有玫瑰……"

年轻警官站起身来，把门关上。门是刚才那个年轻人和新娘跑出去，跑到外面如丝带般稠密的倾盆大雨之中时敞开的。他回到座位上，重新开始速记上司的口述。最后从太平间开过来的救护车带着病理解剖专家到了。

"我的女孩儿第一次留下来，和我在一起的时候……"那个年轻人说。

"我听不见！"新娘在雨中喊，狂风像鞭子一样从她的嘴边把她的话刮散。

"我的女孩儿，"他对着她的耳朵大声叫，"第一次留下来，和我在一起的时候，我刚刚为我的一位朋友做好了一个死亡面具。于是她请求我也给她做一个，这样她就可以开始全新的生活。于是我把她放下，放在桌子上，然后用凡士林涂满她的脸。把报纸做成锥形盖在她的两个鼻孔上。再把石膏倒在她的脸上——脖子处再围上一条毛巾，看起来好像刚刚被勒死——握着她的手，感觉她的心跳如地震波似的一圈圈传递过来。"

"我的上帝，太美了！"新娘大叫着说。此时风刮跑了她头上的花冠，将它飞快地带走，一直带到漆黑的空中。

那个年轻人站住了，俯视着面前一个小型公园，公园里亮着黄色的街灯。突然刮起一阵狂风，几棵尚幼小的杨树，被风刮得离开了它们的枝干，树干深深地弯了下去，树枝垂到了泥潭里。

"快抓住这棵树。"他喊。他取下领带，撕成两条，把树紧紧绑在枝干上。

"你怎么对这些树大惊小怪?"她大叫。

"别松手!"

"我说你干吗没事操心这些树?"

"它们会倒的。"

"哦，那就随便好了。你操心什么?"

"这些树是公共财物，就像我说的每一件事，我做的每一件事。你知道的，我也一样，是公共的，就像公共厕所，或者公园。"

他一边这么说着，一边扯下新娘湿透了的，泥迹斑斑的拖地裙裾。他将这些丝绸，撕成一条一条的，然后拧成长绳。他的动作就好像一个交响乐队的指挥，那么优雅却又极其有力。

"等石膏干透，"他吼叫着，"我能想到的唯一把她解救出来的办法，就是用凿子凿。在这个过程中，我必须得剪掉她一半的头发。这样让我们紧紧地连在了一起。这时她告诉我，死亡面具对她来说标志着一个全新的生命的开始。于是整整三天，她不停地向我忏悔她所犯下的种种罪恶。值得庆幸的是，我手边正好有一整桶沥青，是用来给地下室的墙隔热用的。若非如此，等到她讲完，我一定已经用我的头将整面墙打通了。因此，我只能在雪白的墙上刷上厚厚一层沥青，才能坚持行使听告解神父的职责，听着她向我忏悔：当她要吐的时候，他们是怎么把她弄到了卫生间，当她的情人一度将她抛弃，她是如何在外面的地上躺了一整夜，含羞忍辱，来缓解痛苦。所以，当她终于讲完所有的黑暗，所有的罪恶，她重新变得像百合一样洁白。而我在雪白的墙上刷了整整一满桶漆黑的沥青。对了，你还有什么可以撕掉的？我的绳子用完了。"

"你想撕掉什么都可以。"她说着，将一只肩膀转向他。

他猛地一用力——就像树枝咔嚓一下折断，或是电车司机使劲一拉摇铃的绳子——他用力地一扯，将她身上剩下的婚纱全部扯了下来。

一道闪电划过，电光之下，半裸着身子的她站在一个公园中。

"嘿，"她说，"给我做一个死亡面具，怎么样？"

想看看金色的布拉格吗

班巴先生，一个殡仪馆小老板，刚从镇上回来，走到河边。他沿着河流，往橡树林的方向去。

"班巴先生！"他转过头去看。

"哦哦哦，是吉特卡先生！"班巴先生说，"您站在水边干什么？寻找灵感吗？"

"其实呢，"吉特卡先生说，"我是刚从您那儿回来。能占用您一点时间吗？"

"对于一位诗人，我永远有时间，愿意洗耳恭听。"班巴先生说。

"是这样的，我们超现实主义协会想问问您，可否借用贵店一晚？"

"您的意思是想在我的棺材铺举行歌舞表演？"

"班巴先生，就是正常的活动而已。我们已经得到了布勒东和艾吕雅的支持，还有我们自己受人爱戴的卡雷尔·希内克·马哈。"

"还有谁？"

"为了纪念马哈去世周年，占·沃吉科维克将为此发表演讲。"

"占·沃吉科维克？老天，他已经卧床 20 年了！"

"所以我才来找您，班巴先生，"诗人说，"我想告诉您的就是，我们计划将这位老诗人连人带床，一起运到贵店。"

"听起来挺热闹的。"班巴先生说。

"您可说对了。"吉特卡先生回答他。他的视线越过一堵石墙望向远方，那里有两头未成年的公牛崽子正在吃草。

"肯定也会有摄影师来拍照吧。"班巴先生说。他踮起脚尖。

"又说对了。而且所有的活动照片，都会送到安德鲁·布勒东的手中……那些母牛一定像被阉割了的公牛一样壮。"

"在哪儿？"班巴先生踮着脚尖问。

"这儿，我来把你举起来。"

小老板像握着两根羽毛掸子似的抬起双臂，体形庞大的诗人毫不费力地将他举起。

"那些是公牛，不是被阉割过的。"班巴先生充分领略石墙外的风景之后宣布说。

"要我把您放下来吗？"

"是的，谢谢，"班巴先生说，"您认为您那位老诗人朋友会愿意发表演讲吗？"当他们重新回到路上的时候，他问道："我认为他只相信读心术。"

"都谈妥了，"诗人说，"我的现任性伴侣，在邮局工作的那位年轻漂亮的女士，最近胸口出了点问题，他一直在给她做按摩治疗。在一次治疗中，她说服了他发表演讲。"

"您是在开玩笑吗？吉特卡先生，您这是想骗我吧？"

"骗你我能得到什么呢？"

"好吧，我相信您。"

河对岸，本地消防队正在演练。他们的头盔亮堂堂的，在阳光下反射着耀眼的金光。两个消防队员正趴在消防车上，还有一个手里握着软管喷嘴，两腿分得很开，正充满期待地等着高压水流从软管里突然喷出来的那一刹那。司号兵像一尊雕像，一动不动地站着，一手叉腰，另一手将喇叭紧紧按在嘴唇上。他眼角斜瞟，留神消防队长的举动。终于，他等到了队长的信号，立即行使他的职责。可是软管里一滴水都没有。

"一定是他们的力比多减退了。"诗人说。

"可是我把棺材都放在地窖里，楼上堆满了煤炭。"班巴先生说。

"那就更有意思了，"吉特卡先生快活地说。他转过身去，对河对岸大声喊道，"但愿你们能早点修好你们的家伙。"

"嘿，你这个下流的约旦牛。管好你自己的家伙吧。"拿着水管的消防员不甘示弱地回击。

"你觉得我们能把那张床弄下我的楼梯吗？"班巴先生神情有些焦虑，"万一碰上下雨了呢？把老诗人和他的床用我的灵车沿着拱廊运过来，这个主意不错吧。一路上那个老家伙可以一边敲着车窗玻璃，一边向路过的行人鞠躬。"

"这主意太棒了，"诗人很是赞同，"绝对的精神分裂症。您哪来的这些主意？班巴先生，什么时候到我们超现实主义协会来坐坐吧。"

"哦不，太谢谢您了，"班巴先生谦逊地回答，"我已经加入了完善公园和体育场协会。"

"好吧，现在最主要的一件事就是，我们弄到了足够多的黑天鹅绒的帷幔。就是您用来装扮灵柩台的那种，我们想用它来布置一下您的地窖。"

"这想法不错，您都还没碰这些东西，那些死魂灵就会哆哆嗦嗦爬出来了。"

"说得太对了，对了，您觉得把这个讲座的邀请印在那些紫色的葬礼丝带上怎么样？"诗人问，随即又对着河对岸大叫了一声，"但愿你们能把你们的家伙快点修好。"

"嘿，你这下流的约旦牛！要我来给你一巴掌吗？"消防员们冲他大喊，一直跑到齐膝深的河水里，冲这边挥舞着他们的拳头。

"这么说，我的棺材铺的照片会挂到巴黎去喽?"小老板得意地说。

"没错，"诗人回答，"我们超现实主义，"——他指了指自己，"可是一项国际性的思潮。我们是有自己的风格的。我们躺在狮身人面像的脚下。"说完，他又转过身去对着水那边喊："但愿你们快点修好。"

那些消防员已经停下了手里正鼓捣着的活儿，跟在他们队长身后，一直跑到齐膝深的河水里，挥舞着他们手里的起子啦、扳手啦，嘴里大声嚷嚷道："嘿，班巴，你这个下流货! 你是想让我们把你扔到易北河里去吗? "

"可我什么都没说啊。"班巴先生冲他们喊，十分委屈。

"下次你的葬礼仪仗队经过的时候，我们要把你的十字架全撕了，扔到你的头上!"队长怒不可遏地吼叫。

"您瞧瞧您干的这是啥事?"班巴皱起眉头说，"您想想看，这些消防员会把他们的生意全带给我的竞争对手。消防员还会在葬礼上搞些花样表演!"

"您就瞧好了吧，"诗人说着，将两只手圈成喇叭形，放在嘴边，大声喊道，"刚才的话全是我说的，是我，吉特卡。"

"原来是你吉特卡，你这下流坏。"队长咆哮道，"你给我等着。会让你好看的。"

班巴先生高兴地搓着双手。

"吉特卡先生，您不仅是位诗人，还是个真正的男子汉呢。对了，我说，去把药店的那个白天使借来您觉得怎么样？就挂在棺材间的床顶上。要不，去问问钟表匠，把他挂在钟表店门前的大挂钟借来？老诗人演讲的时候，就装在他的头顶上。这感觉不是挺好的嘛，那分针都快有我的腿粗，一格一格，一个夜晚就跳没了……"

班巴先生停下来喘口气，诗人艰难地咽了一下口水。

"班巴先生，"过了一会儿，他开口说道，"您的大脑里一定超级活跃。我一直绞尽脑汁地想点子，这都好几个星期了。您竟然不费吹灰之力。"说着，吉特卡先生抬起眼睛仰视天空说："这个人"——他手指殡仪馆老板——"这个人，才是诗人，我不是。"

"这么说可太过奖了。"班巴先生谦虚地说。

"绝对没有，"诗人回答，"当然了：异教徒，尽管完全没有信仰，却也能幸运地偶尔碰触到真理。这么说，现在，班巴先生，我们说定了？"他伸出一只巨掌。

"没问题。"班巴先生说，将他保养精致的小手放进诗人的爪子里。

这时，吉特卡先生掏出他的手表。"来了!"他说，从胸前的口袋里掏出一大包明信片来。"再过一小会儿，我就要将这些送到布拉格特快的邮车上去。我们的邮政局长禁止通过普通的渠道寄送它们。他说这些是色情图片。"

班巴先生把那些明信片以扇形展开，狠狠地用巴掌一拍自己的脑门。"您到底是怎么弄出来的？"

"我剪掉了我母亲的一本婚姻手册，一本女士内衣导购目录，还用了一本家用大《圣经》，"诗人回答，伸出一根手指头示意殡仪馆老板不要打岔，"然后，我找了个僻静的地方，让自己好好地随心所欲地胡思乱想，最后把这些各种各样剪下来的拼贴起来，拼成带艺术格调的裸女图片。"

"邮车上的人看了什么反应？"

"昨天和前天一样，我觉得今天也不会有什么不同。我把这些图片通过邮车墙壁上的一条缝递进去，然后敲门。办事员拿过卡片，在上面盖上邮戳。我下来站在轨道上，看着他拿巴掌直拍脑袋。他还叫自己的同事马上放下手里的活儿过来看。然后他们两个一起一张张翻着看，一边死命地拍自己的脑袋。后来，那个戴着绿色橡胶面罩的人跑去找列车司机，司机用吸水毛巾擦了擦手，也开始翻看图片，也和其他所有人一样用巴掌拍自己的脑袋。您简直想象不出超现实主义作品是多么吸引人。班巴先生。"

"我能想象得到。可是，我已经加入了完善公园和体育场协会，"班巴先生一脸戒备地回答说，"顺便问一句，这些明信片是要寄给谁呢？"

"我要寄给那些想要摆脱虚伪的性的枷锁的美丽少女们，"诗人说，接着他又先知似的补上了一句，"因为现实就如同酒精。"

"一点儿也不错，"班巴先生仰头看着他回答道，"不过您知道吗？刚才，就在您把我举起来看那两头小牛的时候，我突然想起听过的一个故事。有一次，一个女仆给由她负责照管的小男孩看金色的布拉格，等她把孩子放回到地面上，孩子倒在地上就死了。您听说过这事吗？"

"从来没听说过。"诗人饶有兴致地回答说。

"嗯，可这故事还没结束呢。故事的高潮是在法庭上。法官尖声说：'你怎么能让这样的事发生？'那位女仆，她可和你一样，完全像个巨人，问那位渺小的法官：'想看看金色的布拉格吗？'法官回答：'我想。'于是女仆用两只巨大无比的手掌捧住法官的脑袋，将他一直举到了天花板那么高。当她将法官放下，他倒在地上就死了。"

"超现实主义！"吉特卡先生断言，他抬头仰望着天空哀叹道，"我什么办法都试过了，竭尽全力，可他"——他用手一指旁边的殡仪馆老板——"他却不费吹灰之力！"

"吉特卡先生，"班巴先生此时越说越激动起来，"晚上我只要一想到这就睡不着。我父亲过去总是把我举起来给我看布拉格有多么美丽，可我什么事都没有发生啊。难道是因为现在的人太脆弱了吗？您觉得呢？我们为什么不试一试？"

"可您根本不可能让我离开地面。"诗人说。

"不，您把我举起来。和您相比，我简直就是个婴儿。"

河对岸的马达终于开始轰隆作响了。司号兵重新把他金色的喇叭举到嘴边，一个消防员紧紧抓着金色的水管喷嘴，竭力让自己站得更稳，以免被即将突然爆发的水压冲击而失去平衡。所有的消防员的头盔全都像黄金一样在阳光底下亮得耀眼。队长发出指令，草地上响起粗声粗气的喇叭声，水管里喷射出一股强劲有力的水柱，握着喷嘴的消防员被扯得前仰后跌。

"你现在还有何高见？"队长冲这边大叫，一边还顺着水柱的方向摆出个夸张的舞台手势，此时，水柱在空中划出一个高高的弧线，最后落在河中心。"十分顺利，不是吗？"

"现在当然是了，"诗人大声反驳，"但几个星期前那次呢？那次……"

"嘿！你这个下流的约旦牛！你给我等着，总有一天你会一个人落到我手里。"队长暴跳如雷，把斧子从皮带上解了下来，跑进河水中。那两个之前一直跪在发动机旁边的消防员也追随其后。最后，所有的消防员每人都举起自己的金色斧子威胁起吉特卡，一把把斧子在阳光底下亮得刺眼，反射着金色的光芒。

"我们要把你揍扁!"

"和您相比,我简直就是个婴儿。"班巴先生再次提醒。他的眼睛闪闪发光。

"想看看金色的布拉格吗?"诗人问。

"我想。"班巴先生回答,闭上了双眼。

赫拉巴尔和他的作品

刘星灿

刘星灿，1937 年出生，1960 年毕业于布拉格查理大学捷克语言文学系捷克文学专业，我国著名的捷克文学翻译家，历任中国对外文化联络委员会中捷文化交流及中捷友好协会干部。译著有《好兵帅克历险记》《紫罗兰》《情与火》《捷克·斯洛伐克民间故事选》《世界童话之树》《捷克·斯洛伐克文学史》《再向前》《芭蓉卡》等。1990 年荣获捷克斯洛伐克涅兹凡尔奖。2003 年，赫拉巴尔去世 6 周年之际，由刘星灿主编的"赫拉巴尔精品集"系列在国内推出。

赫拉巴尔是二十世纪捷克文坛继《好兵帅克》作者哈谢克之后,又一位家喻户晓、深受老百姓爱戴的文学奇才。他的作品大都描写普通、平凡、默默无闻、被时代抛弃在"垃圾堆上的人"。他的一生都同这些人在一起,同情他们,爱着他们,把自己与他们等同,发掘他们心灵深处的美,收集了他们成千上万的语言精华及故事,创造出一群平凡而又奇特、光芒四射的人物形象。

博胡米尔·赫拉巴尔于1914年3月28日生于捷克布尔诺附近的日德尼采。据说他的生父是名奥匈帝国士兵,与年轻漂亮的摩拉维亚姑娘相爱,生了他之后随军离去。三岁前他同母亲一起住在外公外婆那里,1917年母亲认识了啤酒厂会计并结婚,养父待他和弟弟同样都很好,六岁搬家到宁城,父亲当了啤酒厂总管，后来成为市啤酒厂承包人。在赫拉巴尔的眼里，他父亲是个工作专注、"干起活来恨不得把世界钻个洞，别的什么也不想"的人；他母亲性格开朗、爽快利落，迷恋戏剧，当业余演员，除了当父亲的工作助手和料理家务外，哪里一有演出，提起脚就上剧院。她平时也打扮得漂漂亮亮，总爱成为人们注目的中心。赫拉巴尔说他小时候觉得他妈妈像他的姐姐，不像个身着围裙的普通妈妈。他有点儿受不了父母对他过分的关爱，常以逆反与沉默的目光来表示腻烦。在大人眼里他是个脾气有点古怪和倔强的孩子。

上学对年幼的赫拉巴尔来说是活受罪。他学习不专心，上课时人虽坐在教室里，心却在想着别的什么，因此成绩不好，留过级。父母想给他换个环境，把他送到布尔诺上中学，可中学一年级他除体育、音乐、自然课之外其他功课都不及格。他只好转回宁城念中学，中学四年他却留了两次级。成绩不好和留级的恐惧使他产生一种罪过感和羞怯心理，总不好意思见人，觉得谁都比他懂得多；可他有时又爱出洋相和用一些怪癖行为来逗得同学们开心，以摆脱他的窘境……然而，他从小就酷爱大自然，喜欢阳光照射中的空气，落日映照下河面的霞光。他黑夜里常常爬上屋顶去看闪烁的星星和灯火通明的小镇，或者爬到啤酒厂后院的大树上去惬意地待着。他喜欢在树林中逍遥自在地闲逛，漫不经心地徒步远游，或在开始解冻的裂冰上蹦跳着越过易北河……他在学校里的郁闷和不自在的情绪，却在啤酒厂的工人宿舍里和箍桶房里得到了化解。在那里，他聆听酿酒工人和箍桶匠们的谈话就像在学校该听老师讲课那样的专心。父亲到各个与啤酒厂有关的饭店和小酒家去处理账务方面的事情时常常带他同往，他便找个空位，坐在一旁观看顾客饮酒，聆听他们交谈，不知不觉学到了很多在学校和课本上从没听到过的知识。他从小时候开始，便日复一日、年复一年地听到人们面对困苦的生活那苦中求乐的侃谈。从此，他一辈子也没停止过到小酒家去倾听人们的心声，并把所获得的、所感受的写进他后来的作品里。

就在赫拉巴尔十岁那年，他的贝宾大伯来到了他家。起初说是来探望十天半月，结果在啤酒厂当上了仓库管理员，一住就是四十多年，一直到他逝世。这位当过皮鞋匠的贝宾大伯饱经沧桑、见多识广、幽默乐观、性情奔放，有着讲不完的故事。他讲起故事来，绘声绘色，把故事中的"他"同现实中的"我"，再加上听众的"你"揉在一起，令你感同身受，跟着故事的主人公一起冲出苦难，同喜同怒同悲同乐。这位大伯很快就抓住了这个十岁孩子的心，给了他无穷的乐趣和奇思遐想，充实了他的童年生活。特别是，他从贝宾大伯那些有如民间说书人、预言家的富有诗意和魅力的讲述中，学会了专心聆听、观察和表达。那些像他的贝宾大伯一样的普通人从此吸引着他，他从他们的谈话中发现了许多明哲圣人的思想。赫拉巴尔后来说，贝宾大伯实际上是他精神上的父亲，是他日后文学创作的缪斯。多年之后，有人问他："假如你还能见到过去的人，那你最想见到的人是谁?"他不假思索地说："贝宾大伯。"他的作品中，常有贝宾大伯的影子出现，他的《老年维特的烦恼》《时间停滞了的小镇》《中级舞蹈班》就是以贝宾大伯为原型创作的。他在《我曾侍候过英国国王》中所采用的"语流"的说书形式，也宛如贝宾大伯在讲故事。

中学毕业后，赫拉巴尔带着母亲的殷切期望、父亲的"你将来能有什么出息呢?"的忧心与悬念，离开故乡宁城，来到首都布拉格报考大学。为了能够取得进入大学的必需条件之一，他先到私立学校学习一年拉丁语，竟意外地发现自己具有语言才能，半年后就能读古罗马诗人的《变形记》原文。1935 年 10 月，赫拉巴尔注册进入查理大学法学院学习，其实他对学法律不感兴趣，只是为了不再听到父亲那句担忧的话语，不使家人失望才违心地报考了这一冷门专业。入学后他以前所未有的热情拼命阅读本国及世界的文学和哲学著作，兴趣极浓地关注造型艺术和音乐，这可能与法学院、语言文学院、工业造型艺术学院、布拉格之春音乐大厅、工艺美术博物馆及一家被认为最好的书店相距咫尺这一特定的方便条件有关。他崇尚诗人兰波①、阿波利奈尔②，特别是波德莱尔③，哲学家康德、叔本华④和克利马⑤，以及老子和他的《道德经》。这个时期他还结识了青年演奏家和诗人卡·马利斯科、画家沃·博乌德尼克这两位终生挚友，还有一些志同道合的青年。他们经常一同试笔写诗，抒发青春忧愁和躁动；一起崇尚"该诅咒的诗人"，模仿他们超现实主义打扮的模样；为了老子《道德经》中的一句话，他们可以花上整个晚上来讨论。这些书籍和朋友，对赫拉巴尔的创作和生活观的形成也起了相当大的作用。

纳粹德国占领捷克，法学院于 1939 年 11 月 17 日停课关门。赫拉巴尔不得不拿着法学院八学期的肄业证书回到家乡宁城谋生，他先在公证处当助手，帮人抄抄写写；后在宁城铁路职工生产合作社当仓库管理员；在宁城火车站当小工铺枕木、敲碎石；在火车调度员培训班学习后，穿上铁路职工制服正式当上了火车调度员。战后复学，1945 年底通过国家考试，第二年获法学博士学位。赫拉巴尔在服过五个月的义务兵役之后，接着

① 兰波（1854~1891），法国诗人，象征主义运动的典范。

② 阿波利奈尔（1880~1918），法国诗人，超现实主义先锋。

③ 波德莱尔（1821~1867），法国现代诗人，《恶之花》作者。

④ 叔本华（1788~1860），被称为悲观主义哲学家。他是黑格尔绝对唯心主义的反对者，新的"生命"哲学的先驱者。因而带有强烈的悲观倾向。

⑤ 拉·克利马（1878~I928），捷克哲学家，他的激进主观唯心论与叔本华、尼采相近。主要作品为《世界即知觉和无》。

谋生找工作，先在老弱病残小手工业基金会当代理；后在一家批发公司当业务员代表，接着又在另一家公司当推销员。赫拉巴尔说，参加这些工作可以帮助他克服胆怯、害怕见人的弱点和广泛接触各类人士。但他这时还一直同父母一起住在宁城。每到休假日他便匆匆回到啤酒厂空无一人的办公室，坐到打字机前记下他的见闻，写些诗歌、散文或短篇、札记，这些以打字形式保留下来的原汁原味的故事、事件和习作，日积月累越攒越多，成了他后来加工创作的丰富素材。二十世纪四十年代末这段时期，他创作了《偏僻的小街》《保险业中的功名前途之终结》等十多篇作品，但因 1948 年企业国有化、宁城印刷厂关闭而未能问世。

1949 年赫拉巴尔毅然离开宁城那四房一套的住宅，那张置放着他自己的用褐色丝绒覆盖着的写字台、大书柜、瓷砖壁炉的工作室，那有着法国塞夫尔瓷器①餐具和妈妈做的可口食物的餐厅；还有那摆满一瓶瓶葡萄酒、一桶桶啤酒的地窖等等这些优越的生活条件，顶着个"法学博士"的学衔，来到布拉格，先在老城区租房住，后搬到利本尼区堤坝巷 24 号的这个位于从前荒凉的鱼池边、住了许多茨冈人的破旧贫民区——一个废弃车间改成的大杂院里。这里的墙上壁粉剥落，厕所和洗澡间都

---

①　塞夫尔瓷器为法国著名的硬质瓷和软质瓷，从 1756 年至今皆产于凡尔赛附近的塞夫尔皇家瓷器厂（现为国家瓷器厂）。

要穿过外面的院子，连洗漱用水也要提着桶到外面去打。他自找苦吃地找到、并深深爱上了这个环境，爱上了住在这里的性情豪放、酷爱音乐、身穿五彩缤纷衣衫的茨冈人，还有附近那些宾至如归的小酒家，且一住就是二十年。这期间，他每天早出晚归来回四十公里到克拉德诺钢铁厂去劳动。除炼钢技术人员、老工人外，在那里同他一起劳动的还有许多从前的教授、工厂主、银行经理、学者、小业主、企业家、律师、男女囚犯、普通人和搞政治的。这个前来接受劳动改造的各阶层人物的大杂烩，简直让他大吃一惊。在他身旁劳动的人们有着各种不同的命运，他从中找到了写作的丰富题材及写作方法。他认识到："只有理解他人，才可能理解自己。生活，在任何地方都要不惜任何代价参与生活。"他不在乎任何职业，他说："既然人家能在钢铁厂生活，为什么我不能呢？"他不时思考和反复琢磨他在工作中的体验和亲眼见到的一幅幅画面，然后将它们一一写下来。他的作品就是用他所认识的人们的生活、他所生活过的环境、而首先是他自己的生活写就的优美散文。他说，在他的作品中，"最大的英雄是那个每天上班过着平凡、一般生活的普通人；是我在钢铁厂和其他工作地点认识的人；是那些在社会的垃圾堆上而没有掉进混乱与惊慌的人；是意识到失败就是胜利的开始的人"。短篇小说《雅尔米卡》就是他在这个时期的重要代表作之一。在这篇作品里，作者怀着深深的同情，描绘了钢铁厂一位专给钢铁工人们送饭的年轻女工——一名未婚孕妇的命运。这些不幸者虽然命运不济，可是作者却看到："他们一刻也没有失去生活，没失去对生活的幻想，而我则对他们深深地鞠躬，因为他们常常在笑和哭……"这笑和哭两个极端对赫拉巴尔来说很具典型意义。他说过："基本上我是一个乐观主义的悲观者和一个悲观主义的乐观者，我是双重的、两面墙的，有着拉伯雷式的笑和赫拉克利特式的哭。"大写的"是"与大写的"非"是彼此相属的。在克拉德诺钢铁厂四年的劳动，是他另一所上了八个学期的大学校，这里不仅铸造了钢，同时也铸造了人，他整个地变了。从此，赫拉巴尔终于在生活的忧伤感和幽默中建立起他的美学基础，在不断地写作中享受他苦涩的幸福。虽然，在当时的环境下，他的作品顶多只能在某些刊物上发表，或躺在抽屉里没有能够出书，但在他的朋友圈子里已经明显地拔尖，连伊希·科拉什这位不仅对赫拉巴尔有着重要影响，而且是当时捷克文学家、美术家中较有影响的人物，也曾在日记中评价赫拉巴尔的作品说："他的真实性总是将我击中，场面的复杂和表现的简洁把我紧紧擒住，他深深爱着的不仅是他的人物，而且是每一件事、最不起眼的事情，他甚至善于说出他真正爱着的那些最粗鲁的东西，但是他所说出的并不粗俗或下流。"

　　1952 年，赫拉巴尔在钢铁厂受重伤住院医治和疗养了一段时间后，被宣布他只能从事轻微劳动，他因不能再干重活而离开了钢铁厂。紧接着于1954年10月他便到了废纸回收站做打包工，跟论吨称的废纸打交道。这哪算什么轻微劳动啊！其实是又累又脏、非常繁重的重活，劳累之余他便打字（写作）、构思创作、上小酒馆聆听收集社会生活素材和看书。在这里他有机会读了大量被送来当废纸处理的书和画册，那是当时在图书馆和书店都不可能见到的精神食粮。他曾自嘲地说："我实际上是死尸的偷窃者，是博学者石棺的盗墓人。这实在是我的一大特点，在这方面我是一个革新者、实验者。我老是在琢磨，可以到什么地方哪个死了的和活着的作家及画家那儿去偷点儿什么，然后像狐狸一样用尾巴扫掉作案地点的痕迹。我完整无缺地盗了塞利纳、翁加雷蒂、加缪、鹿特丹、伊拉斯谟、弗林格蒂和凯鲁亚克的墓。如果说在我的、只属于我的跳板上写出了些什么像样的东西，那都是别人说过的话，我实际上只是小酒家和小饭馆顾客们的扒手，跟仿佛我偷了他们的衣服或雨伞是一回事儿。"通过赫拉巴尔这自嘲般的自述，我们看到他是多么的勤奋学习、善于学习，把不管是前人还是现实生活中的，不管是文学家、画家作品中的，还是名不见经传"时代垃圾堆上的人"的谈话，他都拿来，经过筛选、咀嚼、消化，为他所用；而且用得自然、恰当。老子的《道德经》，每年他至少温习一遍。他在作品中甚至把老子和耶稣"邀"到一起讨论人生哲学。

　　赫拉巴尔在废纸回收站工作的这期间写出的《人们的对话》《傍晚的布拉格》和《相会》等被两家刊物发表，引起了几位作家对他工作、生活情况的关注。科拉什等三位著名作家给捷克斯洛伐克作协主席团致信，提请他们"注意一个事实，即作家协会出版社即将出版其书的作者博·赫拉巴尔在废纸回收站所干的废纸打包工和装卸工的工作，耗尽了他的体力和精力，使他精疲力竭，无法再继续进行文学创作……请求作协用自己的影响去改变赫拉巴尔目前所处的这种境况，使他能够继续进行文学活动"。他们的信及努力使赫拉巴尔获得了捷克文学基金会的半年补助金，每天只劳动半天，以便能完成一部短篇小说集。但他却因此而遭到回收站领导的不满，于 1959 年 2 月 16 日解除合同。他只得到诺伊曼剧院当舞台布景工，当时短篇小说集《线上云雀》虽已完稿，并一张张校对过，可是由于时世不顺，出版困难而被搁置下来。又是得力于科拉什的支持，赫拉巴尔于 1962 年元旦成为自由撰稿者作家。

　　赫拉巴尔虽然从年轻时就从事诗歌、散文和短篇小说创作，并陆续在刊物上发表作品，但直到 1963 年，他四十九岁时才由出版社正式出版了他的第一本书《底层的珍珠》。此书一问世，随即引起极大反响。它以交谈对话的形式讲述了普通老百姓的十几个故事片断，故事中的几十个人物似乎就在读者身边，使人读来感到格外亲切，给当时较为沉寂的文坛吹来一阵清风。

捷克作家协会出版社给他授奖。又由于它大众化的语言，布拉格式的幽默和十分形象的人物及环境刻画，非常适合拍成影片，随即于 1965 年 8 月举行了《底层的珍珠》电影首映式，取得轰动一时的效果。同年，赫拉巴尔加入作协。

继《底层的珍珠》之后，1964 年 3 月出版了他的《巴比代尔们》，8 月出版了《中老年中级舞蹈班》；1965 年 3 月出版了《严密监视下的火车》，这几本书也都曾获出版社奖。其中《严密监视下的火车》叙述一位青年在二战期间偶然成为反法西斯英雄的故事，拍成电影后获奥斯卡外语片奖。

关于《巴比代尔们》，咱们还得先来谈谈它的词意。

"巴比代尔"（PÁBITEL）是赫拉巴尔为概括他作品中的一种特殊类型的人物形象而创造出来的一个新词，是至今在任何一本捷克文字典中也无法找到的。这是一些身处极度灰暗之中而又能"透过钻石孔眼"看到美的人。用作者的话来说："他们善于从眼前生活中找到快乐"，"善于用幽默，哪怕是黑色幽默来极大地装饰自己的每一天，甚至那些最悲惨的日子"。"他们说出的话被那些理智的人看作是不合理的，他们所做的事情是体面人不会去做的"。"他们滔滔不绝地说个不停，仿佛语言选中了他，要通过他的嘴巴来瞧见自己，证明自己的能耐有多大"。他们喜欢幻想和夸张，他们一听到水龙头滴水的声音，便会立即拿起铅笔描绘出尼亚加拉大瀑布，他们在昏暗之中却为

光彩夺目的五颜六色而着魔。他们貌似无知，说一些很没意思甚至荒唐的话，而他们的想象力却足以将艺术作品中令人厌恶的现实转变为一种特殊的美，将某种不愉快的、讨厌的、危险的、忧伤的或者悲剧性的现实改造成一种富有美学意义的享受，虽然不乏悲剧与激奋之情，然而却是很美的。因此，通过他们的嘴巴，他们生活中的那些普通、平淡的事情便成了寓有深意的神话或传说，巧妙地起到一种对现实的反衬作用。正如《巴比代尔们》短篇小说中的水泥厂，在那些退休老工人眼里却成了一个使他们十分迷恋的世界。在《过于喧嚣的孤独》中那苍蝇成堆、老鼠成群、潮湿恶臭的地下室，却被废纸打包工汉嘉看作"天堂"一样。赫拉巴尔数语道破"巴比代尔"言行的本质，说他们的言行"是通过些微的谎言来触及通常难以抓住的真理的一种轻而易举的秘密，是一种逐渐转变为严肃剧的娱乐。它不仅是一种生活方式，而且是一种使生活重荷变得轻松些的风格。是对类似阿里乌教派的生活的认同，因为就连希腊诸神也为人们因凡人的辩证法受苦受累而高兴得发笑。他们的言行举止亦系生活在底层、然而却朝上看的达摩式的漂泊生活，是鹿特丹骑马去英国的伊拉斯谟所著的《愚人颂》。"作者不仅认为哈谢克笔下的好兵帅克是巴比代尔，而且说："我的老师雅罗斯拉夫·哈谢克的生活，乃至我自己的生活都是令人不快的巴比代尔式的。"赫拉巴尔不仅与他作品中的这些人物等同起来，

而且非常重视他们的语言，搜集了成千上万他们的俚语、隐语、反话和只可意会、难以用书面文字来传达的交谈，他说："仿佛世界上所有的人都达成了协议，他们不断地打破语言常规"，"仿佛每个民族都至少有两种语言，每个字有两种表达方法：书面语言和非书面语言。非书面语言在当代散文中是必要的，就像选择主人公时，转向选择看上去更普通、文化不怎么高、生活在时代乃至语言边缘的那些人一样必要。我想，在一个诞生了哈谢克的国土上，用不着提醒非书面语也可用作表达的基本手段这一点，只是需要有观察力和对环境的熟悉，以及来自能立刻将读者带到主人公的处境中的对话与俚语。俚语是民间匿名天才们富有创造性的成果，同时，俚语给口头语风格增添了光彩。我认为，书中的人物在他们的环境中不仅按照他们的习惯而且用他们自己的语言来欢快地交谈，这样的人物会敏捷得多、聪明得多，也杰出得多。"赫拉巴尔创造出言行举止如此这般的巴比代尔系列人物形象，在捷克的普通老百姓、读者大众中引起了心领神会的共鸣，有位读者给赫拉巴尔去信："假如说，在我们捷克有什么特别值得欣赏、独树一帜的，总而言之百分之百、无法模仿的捷克式的特点的话，赫拉巴尔先生，那恰恰是'巴比代尔'和'巴比代尔式'的举止言行。谢谢你呀，赫拉巴尔先生。"我想说，首先赫拉巴尔是用他毕生身处一个普通劳动者地位的亲身体验，以及他对社会生活非凡的洞察

力而从现实生活中挖掘出来的这种最具捷克个性、富有特殊魅力的人物形象。其次，从文学创作的角度来看，正如作者本人所说，"这是一种尝试，看看小说能否以另一种形式来写，用我以往不曾使用过的形式。写出从形式到内容都一反传统的作品，这是一种莫大的诱惑，是一种如履薄冰的试验"。"我必须用隐语来写作，向各种习俗和禁忌挑战"。"我总是努力去盗火，越过禁忌，来打造自己和自己的作品。即使普罗米修斯知道他将受到惩罚，将会飞来一只巨鹰啄他的肝也在所不惜。他那火是从众神那里盗来的，.为此而自己付出了代价，但他却将某个东西向前挪动了。这就是保守主义与革新的对立呀……"

直到此刻，我们仍旧很难从汉语中找到某个俚语来贴切地套上"巴比代尔"这个词。有人将它译成"中魔的人"，有人将它译成"神侃家"（单数）或"神侃族"（复数），笔者曾想将它译成"快活神"，真可谓见仁见智、各有千秋。但是想来想去，仍觉不尽人意，还概括不了这类人物的全貌。"巴比代尔"既是某种人，又是某种语言、某种行为、某种精神、某种特定环境中的奇特产物、某种捷克式或布拉格式的幽默，而这个词对赫拉巴尔的作品又非常重要。幸好从我接触到的数本赫拉巴尔作品的其他外语译本中，发现它们都原封不动地保存了捷克文"Pábitel"这个词，我们也暂且将它音译成"巴比代尔"，也好让读者有个自由想象的空间。

既然谈到赫拉巴尔作品中普通人物的语言问题了，让我顺便就此提一下他的行文风格。毫无疑问，快速的"语流"，多用口语特别是俚语，是其行文风格之一；他还爱独创字词，而且有时不按常规使用标点符号，例如：不用直接引号"　"，以删节号……代替句点，有的整本书没有标点符号（如《新生活》）；有的句子中出现连小学生也能看出的不合常规的文法；个别地方出现不加修饰或前后重复或上下文不连贯的现象。

为什么这样？

赫拉巴尔在他的自传体三部曲中，借他妻子的口来对他母亲说："……我看了一下他那本出了名的书①，总有这么个印象，觉得凡是读它的读者恐怕都得在家里继续将它写完。我丈夫写东西就像我采购来的半成品食物一样，回到家里还得加工、烧煮、尝一尝，才能变成可口的食物……他的那些短篇小说，结结板板的，就像坏了的牛奶一样。你怎么看，妈妈?" 她婆婆回答说："你说得非常对。瞧，他不仅在小学，而且尤其在中学，文法课的分数总是'不及格'，或者'最差'，我说的是捷克语文法哩……"果真是他小时候文法不过关留下的后遗症吗？看看他自己怎么说的吧：

"我的风格就是错误百出，可由此而构成我的魅力。为我编书的那位女编辑说，当我们一起处理《哈勒金的数百万》那部

---

① 指赫拉巴尔的处女作《底层的珍珠》一书。

书稿时，出版社的语言部门指出我稿子中的文法与修辞上的错误多达数百个。可她却交代他们说：'改掉那么五十来个错就行了，其他的别去碰！这是赫拉巴尔风格的魅力所在，这都是他在语言上的一种偏颇。我们得忍住别去改动它。我们要是一改，这本书就会失去它的魅力。'她说这样做好比我们想要修改毕加索的素描一样，'喏，只要你用橡皮往那儿一擦，那么，那画上所具有的，可以说那些亚里士多德式的、合乎审美地起着作用的一切就都给毁了。'或者说我就是个处在杂乱无章的包围之中的人，真是这样，可我不在乎，因为我就是这么个人。""由于我自己是一个普通人，我最喜欢同所谓的普通人聊天……正因为我感兴趣的是普通人，我便竭力像他们那样说话……我把自己当作一名作家来审视时，我的看法大概同我的妻子一样，她始终感到惊异，不明白怎么会有人如此缺乏教育，竟然把我看作一个受过教育的人。"对赫拉巴尔所言，也许读者能够同我一样，能理解，能赞同，甚至进一步去欣赏他作品的魅力所在。

继《巴比代尔们》之后，赫拉巴尔还出版了《为我都不愿住的房子做的广告》（1965）、《这座城市是在市民的共同关注之下》（1967），并汇编出版了《赫拉巴尔引用名人名言集》（1967），真可谓好戏连台。他多年来存放在抽屉里的作品一本一本加工整理问世，随即当上了文学报编委会委员。

正当赫拉巴尔的文学事业顺利向前推进的时候，1968 年 8

月，外国的飞机、坦克、军队入境，此后，新上台的权力当局像对其他不愿公开表态支持入境占领的作家一样，在他头上狠狠地击了一棒：当时他妻子正在十年前他干活的废纸回收站工作，突然发现卡车运来作为废纸销毁的一包包新书中有她丈夫的作品《花蕾》和《家庭作业》，她从中拿了一包回家。随后，他们又发现书店和图书馆把所有有赫拉巴尔名字的书都从书架上撤下不见了。根据他的作品《线上云雀》和《为我都不愿住的房子做的广告》拍的电影也遭禁映。参加他生日聚会的人遭到盘问。显然，移居到林中空地小木屋里的赫拉巴尔是无法申辩的。他想死，但不能就这样死去；要活，也不能这样窝囊地活下来。唯一的办法只有写，继续拼命地写下去。这就是此后他一大批优秀作品产生的特殊环境背景。正如陀思妥耶夫斯基在狱中以为必死无疑之时却写出了令人欣慰和欢快的《小英雄》那样，在他的荣誉、作家身份、出书机会乃至靠干体力活挣钱糊口的职业都丧失殆尽之后，在无人来访、孤寂的林中小屋里，在深陷于长期持久的忧郁心情之中，却写出了他最富田园诗风格的、反映他的幸福童年、故乡及父母、贝宾大伯的回忆录系列三部曲：《一缕秀发》《忧郁美》（又译作《甜甜的忧伤》）和《哈莱金的数百万》（又译作《时光静止的小城》），这是他在最艰难的时代对自己和读者的一种慰抚。也正是在这个对赫拉巴尔来说最无奈、最艰难的时期，他却写出了他全部作品中的顶峰之作《我曾侍候过英国国王》（1971 年完稿）和《过于喧嚣的孤独》（1976 年完稿）。

《我曾侍候过英国国王》是赫拉巴尔在创作上的一个重大转折。它既不是用剪刀剪接的五彩拼画，也不是蒙太奇式的电影片断，更不是作者惯用的巴比代尔式的滔滔不绝的开心神侃，而是用语流、说书的形式以一长串连贯的故事描绘出的一个复杂而敏感的现代人的人生道路。作者完全沉浸在一种仿造回忆的虚构世界之中，以十八天的神速、在夏日的阳光直晒下一气呵成了这部离奇而又现实、夸张而又平凡、平静而又感人的中长篇小说，且至今未改动过一个字。

通篇小说的这位说书人就是小说的主人公。这个不起眼的小个子餐厅服务员实际上没有名字，在总共只有五章的头三章中，连一点儿关于这个主人公名字的影子都看不到，直到第四章，他要与一位德国姑娘结婚，纳粹分子出于种族要求，我们才知道他爷爷叫约翰·迪蒂尔（德文"孩子"的音译）；再后来，文中才点出他自己的姓氏至今一直叫"吉杰"（捷文"孩子"的音译），他这意为"孩子"的姓氏本身就暗示着：他是用一个孩子的天真好奇、自然诚实的眼光来观察大千世界中这一幅幅光怪陆离的画面的。但这个敏感的小个子却一直有着一种低贱的自卑感，而又偏偏不时遭到不公正的贬低、怀疑、诬蔑和威胁，因此他在任何场合下都要千方百计去与他无法达到的偶像比个高低，以便将来有朝一日也能成为有钱的旅馆大老板——百万富翁，这个愿望却又富有嘲弄意味地实现了，但却是在财产被没收的百万富翁拘留所里。几乎他所有的生活目标都是这样富有嘲弄意味地"达到"而又统统落得个与他的愿望恰恰相反的下场，最后他只得与猫狗羊驹为伴，到那偏远荒野去修一条象征他的一生的、总也修不好的路。

《我曾侍候过英国国王》的故事发生在第二次世界大战前后的捷克。社会与政治事件尽管不是说书人叙述的明确中心点，然而却是故事中最本质最重要的一个层面，小说主人公因阴差阳错与一个原为体育教员后在德军服务的德国姑娘结婚而得以闯进纳粹的人种培育中心、纳粹伤员疗养院等纳粹的后院、内部，近距离地看到当时耀武扬威、东征西讨、不可一世的纳粹法西斯鲜为人知的一桩桩惊人、吓人的内幕实情。作者在向社会披露这些事情时，采用了不加夸张、渲染的手法，以极其平和的语气，让事实去说话，让读者自己去分析与联想，从而达到了极佳的艺术效果。在有关被保护国捷克与保护国德国关系的描述方面，显然是在捷克文学中这类题材的最具说服力的艺术创作。小说完稿之后，从作者连一个字也没有改动，"连一行也不敢再看一眼"，而老百姓争相传抄阅读，过了二十年之后才得以正式出版等等这一切事实之中，可见它的分量和现实意义。

紧接着，他从 1972 年 5 月开始动笔，到 1976 年 7 月完成了

《过于喧嚣的孤独》一书的创作。这是赫拉巴尔从在废纸回收站工作，认识在那里工作了许多年的打包工汉嘉以来，前后酝酿了二十年之久，花了四年的时间，三次易稿写成的，也是他最满意的一部作品。特别有意思的是，读《我曾侍候过英国国王》和读《过于喧嚣的孤独》的记忆效果完全不一样：《国王》你只要读一遍，就能基本无误、按顺序地记住它的一个个主要故事情节。而《孤独》你即使读过数遍，虽然很受震动，使你久久不能平静，有些画面、有些思想反复地在你脑子里回响，可你怎么也记不住、理不清它的前后次序。因为它几乎没有情节，即使有，也只是"条条河流归大海"，用来反复加强、充实、丰富这一作品的中心主题，即通过一位废纸打包工的通篇独自表达出对那些摧残、践踏甚至毁灭人类文化的愚蠢暴行的无比愤恨与血泪般的控诉。但这打包工并不是握拳捶胸地大喊大叫，而是把它当作"Love story"① 平静地叙述出来的。在实在忍无可忍的情况下，他并拢双臂，自己走到警察面前，请求给他戴上手铐送进公安局去。几年之后却又"不再为此伤心落泪"，微笑地望着载运那些精美图书一公斤一克朗到国外去换外汇，他"开始懂得目睹破坏和不幸的景象有多么美"。这种布拉格式的反话嘲讽和黑色幽默把整个作品浸了个透，让人对作品的主题思想印象更加深刻、强烈。

---

① 英语"爱情故事"。

假如说赫拉巴尔早期的短篇小说是蒙太奇电影、是一张张拼画，是各类最普通的行人"时而走进，时而走出的一面反射镜"，是"坐在电车上的人们的片段对话和几个动作，"而从不见专门有关哲理的思考与议论，即使有，也只是让读者通过这些故事片断去琢磨、领会到的一种哲理或思想；如果说后期的《我曾侍候过英国国王》里是一反早期的"速写""片段对话"的风格，在串出了一个连贯的长篇故事的同时，开始了对人生的专门思考、回答和论述的话，那么《过于喧嚣的孤独》则通篇在思考问题、回答问题，通过每一个细节在解说、印证一些哲理，直接将作者最推崇的文学家、哲学家的思想精华通过汉嘉的独白倾注于作品之中。老打包工汉嘉的灵魂其实就是赫拉巴尔自己。

《过于喧嚣的孤独》用的是书面语，抒情而又优美。有人说"它构成了一个诗歌、哲学、自传的三角形"，是一部连作者自己看了都要"感动得流泪"的"忧伤叙事曲"。作者高度评价它说："它大概是我最好的一本书，与我过去所写的全部作品相比，这本书的空间整个地大了一轮"，它是"一部现今时间写的与不受时间限制的题材交织在一起的作品"，"一个类似久远的过去的与活生生的现在的虚构的博物馆"。难怪作者如此深沉地说："我为写这本书而活着，并为写它而推迟了死亡。"

赫拉巴尔在他年过七旬高龄的时候表示过："我还要写一本

一方面让自己开心，一方面使读者生一点点气的书。在这样一本书里我要用我妻子的眼睛来看我、看我的朋友和我的生活。"关于用妻子的口气来写自传体三部曲《林中空地》（又译作《林中小屋》）《新生活》和《家庭庆宴》（又译作《婚宴》）的想法，他说是受毕加索、陀斯妥耶夫斯基和托尔斯泰三位大师的妻子所写的传记之启示而来的，说"这些夫人在所有方面都为她们的丈夫作辩护，按照突出他们的优点的方向来写他们的传记，说他们从小就与众不同，就有大艺术家、大人物的苗头"。赫拉巴尔却恰恰相反，他说："男人的有些举止是很糟糕的！"他坚决这样认为。他却写了那些他认为是百分之百真实的东西，还常常提醒读者说："注意，一切都是真的！"因此，他的这三部曲不仅是一条抒情的生活之河，河里流淌着他小时候的日常趣事、过失和小小的罪孽，时有出现的沮丧和抑郁则瞬间使河水变暗。河面上漂着作者的情绪及少年时代的恐惧、胆怯、作者与朋友们用饮酒有时甚至喝醉的办法来医治的种种伤痛。这二十世纪的生活之河越是不干净就越发真实。归根结底，这条河是一幅现代的拼画，在它一去不复返的水流中混杂着成十成百各式各样从外面扔进来的乱七八糟的东西，表面看去好像互不相干，"可是没有这些，美就显得单调，关于当代、关于人的思考就不完整了"。更重要的是，这三部曲是作者无情的内省，他经常问自己"我是谁？"在这里，他用他妻子的嘲弄式的反话和毫不留情的目光来审视他自己。在这面新的、反讽自嘲的镜子里，他找到许多自己的恶习、丑事、坏毛病、弱点和癖好。在他身上发现的那些不雅之处，首先是一些人们通常不爱承认的，他们总要给自己建造一副坚实的铠甲把这些毛病隐藏起来。赫拉巴尔却力求把这副铠甲揭掉，让自己最大限度地看清自己，他说："我从一开始就预感到，文学是极其残酷的，跟大自然一样，它不讲情面，不宽容任何辩白。"赫拉巴尔对他在作品中反映的现实生活的态度是如此，对他自己也是如此。我想，他在晚年所写的这三部曲的本意已是不言而喻了。他的勇敢、坦诚、真实，让人为之肃然起敬。

三部曲之后，赫拉巴尔还出版了《不穿礼服的活》《神秘的笛子》《温柔的粗人》《永恒的堤坝上》《雪花莲的庆典》及《花蕾》《家庭作业》《谈话录》等。赫拉巴尔的作品究竟有多少？

到 1997 年，布拉格一家名为"想象"的私人出版社汇编出了《博胡米尔·赫拉巴尔文集》共 19 卷，每卷约 300~400 页，包括他的诗歌、散文、短中篇小说、谈话录、论文、手稿、札记、书信等。之后，青年阵线出版社等近年来陆续出版赫拉巴尔作品的单行本。

赫拉巴尔的作品，从他的处女作《底层的珍珠》一书开始，被改编成电影的有：《底层的珍珠》《线上云雀》《一缕秀发》《我曾侍候过英国国王》《巴比代尔们》《温柔的粗人》《天使的

眼泪》《过于喧嚣的孤独》和《严密监视下的火车》。还有几部
被改编成剧本上演。且多部在捷克国内、国际获奖。至于赫拉
巴尔的作品和他本人获得的奖项多达 30 多个，诸如捷克国内出
版社、作协、文化部授予他的各类奖，国家授予他的功勋艺术
家的称号，总统勋章；国外的意大利、英国、匈牙利、德国慕
尼黑等的文学奖，柏林电影节金奖、奥斯卡最佳外语片奖、法
国骑士勋章等等。

　　赫拉巴尔的父母、贝宾大伯、弟弟都相继先他去世，他没
有子女，靠他每月一千多克朗的养老金及一些稿费维生。1987
年他妻子去世后，他孑身一人又活了十年，给世界多留下许多
好作品。

　　1997 年春天，朋友们张罗庆祝他八十四岁生日的时候，他
说："我都想死了，还庆祝什么生日？" 他因病住了十几天医院，
正当快要出院的时候他说："我已经做了我该做的一切……那
么，我还待在这里干吗呢……如今一切都无所谓了……"两天
后的 1997 年 2 月 3 日，他从医院五楼的窗口坠下。

　　一颗巨星就这样陨落了。

刘星灿

于 2002 年夏